Sixtine DORÉ

Et un jour,
le BONHEUR nous frôle

Rejoignez la communauté de
Sixtine Doré

https://sixtinedorelauteure.wordpress.com/

Titre : Et un jour, le BONHEUR nous frôle.

Auteure : Sixtine DORÉ

Éditeur : Éditions Plume Libre.

Pour Alix et Nicolas.

Toute ressemblance avec des personnages existant ou ayant existé serait une pure coïncidence.

Sollicitude : nom féminin, soins attentifs, affectueux à l'égard de quelqu'un (Larousse).

Votre vie est telle une forêt, semez des graines de sourire, de douceur, arrosez-les de moments doux et soyeux, vous verrez, elle sera peuplée d'arbres du bonheur.

Chapitre 1

Jeanne J-1

Cinquante ans. Jeanne se réveille ce matin, à l'âge de la maturité. Elle se réveille aussi, de sa vie insipide et étriquée. Sa migraine, qui a élu domicile en elle voilà sept mois, est encore là comme tous les matins de ses nuits sans sommeil. Une de plus.

Elle allume sa lampe de chevet, se lève et sort de sa chambre. Elle se dirige vers la cuisine et fait couler son café. Elle regarde par la fenêtre, tourne sa cuillère lentement en fixant son camélia, soucieuse. Elle fait l'ultime état des lieux de sa vie ce matin-là. Elle ratifie le choix de ce changement récent, manœuvré en secret, de son époux. À cet âge où elle pourrait profiter de petits enfants qu'elle n'a pas et de parents qu'elle n'a plus, elle s'imagine rencontrer un homme plus jeune. Elle refuse d'être une denrée périssable, de parler mutuelle et de programmer ses prochaines cures thermales avec ses amies. La peur de vieillir creuse les rides, elle le sait. Elle veut vivre et retrouver son indépendance. Son mari lui a facilité la tâche ces derniers temps, avec cette blonde. Elle vit avec un courant d'air. Le soir, elle retrouve seule son lit froid et le matin, la tasse dans l'évier de son mari enfui.

Elle ne se prépare pas ce matin-là, elle s'apprête. Elle s'apprête à quitter sa vie qu'elle ne veut plus, qu'elle jette comme un mouchoir usagé. Elle passe la journée à régler les dernières affaires courantes, ranger la maison, faire sa valise, ne rien oublier. Tout doit être ordonné. Elle ne lui laissera pas de lettre sur la table de la cuisine, c'est inutile, il comprendra.

En fin d'après-midi, elle entend klaxonner devant chez elle. Elle met sa robe noire et ses talons hauts assortis, puis dépose du rouge sur ses lèvres. Il est là. Il l'attend devant chez elle. Il va l'aider à s'enfuir de cette impasse au goût d'amertume. Elle saisit son passeport, sa valise avec fermeté et claque violemment la porte. Elle ne reviendra pas.

Il fait déjà nuit. Elle monte dans le taxi les lèvres crispées, le revers de son imperméable abrite sa tête de la pluie battante de ce jour de novembre. Elle se blottit dans le siège passager arrière et quitte Bordeaux. Après quelques minutes de route, des éclats de voix résonnent dans l'habitacle. La voiture fait demi-tour et accélère brutalement, Jeanne se cramponne au siège. Elle roule dans une ruelle sombre qu'elle ne connaît pas. Le visage du chauffeur se rembrunit soudainement. Elle aperçoit ses yeux dans le rétroviseur central, éclairés par les phares des voitures d'en face. Jeanne est imprégnée de rancœur, tendue par tous les non-dits accumulés ces dernières semaines. Elle dit fermement à cet homme :

« Mais enfin quand même, vous auriez pu mettre ma valise dans le coffre ! Cela fait partie de vos fonctions, non ?

– Vous rigolez ? Vous m'avez dit « je m'en occupe », la récrimine-t-il en la toisant du regard.

– Non, je vous ai dit « je m'en occupe » en parlant de la portière ! Je n'avais pas envie d'attendre sous la pluie, que vous daigniez me l'ouvrir. Jeanne tourne la tête vers sa vitre, le visage convaincu, le regard fixé sur la ville.

– Vous vous rendez compte que je vais perdre une course à cause de vous, le temps c'est de l'argent !

Silence.
Et parler poliment aux gens, des fois, ça vous arrive ? Ou vous prenez toujours cet air ? Dit-il sarcastique en tournant la tête.
– Comment ça, quel air ?
– Cet air suffisant.
Silence.
Jeanne encaisse. Elle se redresse sur son siège passager et réengage la conversation avec entêtement.
– Maintenant je suis en retard, j'ai un vol à prendre je vous signale, je n'ai ni le temps ni l'envie de m'éterniser sur cette histoire, j'aimerais ne pas avoir à le décaler. Vous comprenez ? En plus ma valise va être trempée et mes affaires avec, enfin si elle est encore là !
Un silence de plomb envahit à nouveau l'habitacle. Dans le rétroviseur, l'homme lui jette un regard empreint d'une colère contenue. La voiture roule sur les boulevards puis rejoint la rue du parc. Le chauffeur semble se calmer, sa conduite est moins saccadée mais il roule toujours à vive allure.
– En plus vous roulez beaucoup trop vite, renchérit-elle, ne pouvant s'empêcher de le lui préciser, alors qu'il prenait sur lui pour se radoucir.
La voiture s'arrête brusquement, son sac est projeté vers l'avant, la tête de Jeanne aussi. Le chauffeur, excédé, perd son sang-froid, détache sa ceinture, descend de la voiture moteur allumé, ouvre la portière de Jeanne et vocifère.
   DESCENDEZ !!
– Pardon ? lui fit-elle surprise, les yeux ronds.
– Vous avez parfaitement entendu, descendez je vous dis !
– Il est hors de question que je descende de cette voiture, j'y suis, j'y reste !
– Alors vous vous taisez ! Dit l'homme en s'approchant au plus près de son visage, la main gauche posée sur le capot.

– C'est bien la première fois que vous me parlez comme ça Henri ! À chaque fois que nous avons fait appel à votre société de VTC avec mon mari, nous avons eu affaire à vous, et vous avez toujours été courtois. Les temps changent !
– Et vous, vous n'avez jamais été d'aussi mauvaise foi !
Jeanne est frappée par cette remarque qu'elle estime injustifiée. Le chauffeur se ressaisit, s'installe au volant, et redémarre mâchoires serrées.
– Vous êtes incroyable ! Vous voulez l'avoir votre avion ?
La fin du trajet se passe sans un mot, Jeanne n'ose plus rien dire face à tant d'âpreté.
Elle reconnaît son quartier de Bordeaux-Caudéran quand la voiture arrive à la hauteur de l'avenue Barthou. Elle tourne sur la droite et se gare devant chez elle. Le trottoir est vide, détrempé par la pluie, illuminé par le seul réverbère de la rue.
– Mais où est ma valise ? s'exclame Jeanne inquiète. Elle devrait être là, sur le trottoir !
Son voisin, promené par son chien à une heure coutumière, lui fait signe depuis l'autre côté de la rue.
– Je viens de trouver une valise devant chez vous, c'est la vôtre ?
– Oui, vous l'avez récupérée ?
– Oui, je vous l'apporte.
L'homme s'approche en faisant rouler la valise. Jeanne s'avance. Le chauffeur lui barre la route pour la saisir.
– Vous voulez que je vous aide ? Insiste Jeanne.
– Non là c'est moi qui fais ! Lui répond-il avec virulence.
Elle fait un geste de remerciement à son voisin puis remonte dans la berline qui redémarre. Jeanne est soulagée mais se culpabilise de la tournure qu'ont pris les événements.
Après quelques minutes de route, Jeanne brise le silence.
– Excusez-moi.

– Mmm, pardon ?
– EXCUSEZ-MOI pour tout à l'heure, répète Jeanne plus fort.
– ...
L'homme ne répond pas mais s'adoucit, elle le voit à son regard et à sa gestuelle apaisée.
– Vous savez, les conflits naissent pour la plupart d'un malentendu, lui dit Jeanne cherchant à renouer avec lui.
– On va dire ça comme ça.
– Je suis fatiguée en ce moment, argumente Jeanne avec sincérité.
Silence.
– Vous êtes marié ? Reprend-elle.
– Oui et j'ai deux fils, regardez j'ai une photo.
Le chauffeur, pacifié, lui désigne de l'index une photo posée sur le tableau de bord, avec une femme en robe à pois qu'elle imagine être son épouse et deux beaux enfants aux cheveux blonds souriants, l'un en bas âge, l'autre plus grand. Cette image la renvoie à sa propre existence à laquelle elle tente d'échapper.
– Vous savez, je veux me séparer de mon mari. J'ai besoin de partir, de partir loin de lui, pour réfléchir. L'ambiance est devenue trop lourde à la maison, j'étouffe.
– Il s'est passé quoi entre vous, ça a l'air tendu ?
– Trente ans de mariage, lui répond-elle ironiquement.
L'homme esquisse un sourire complice.
– Ça arrive à tout le monde de s'engueuler, ma femme s'énerve les soirs où je rentre trop tard, quand j'ai oublié d'acheter le pain... la vie quoi !
– Il s'agit de bien plus que d'une histoire de discordes, c'est une trahison.
– ...

— Et je n'ai rien vu venir, finit-elle par lâcher le regard embrumé. »

La voiture atteint l'aéroport de Bordeaux-Mérignac et se gare près de la porte de l'aérogare. Il reste neuf minutes à Jeanne pour enregistrer ses bagages. Elle passe les portiques de sécurité, erre entre les duty-free et la porte d'embarquement, où les voyageurs sont aussi nombreux que les plumes sur le dos d'un cheval, puis attend que son vol soit appelé pour l'embarquement.

L'avion pour Paris-Charles de Gaulle est à l'heure. Elle le voit face à elle, de ses yeux délavés, derrière la vitre de l'aéroport. Des gens s'affairent tour à tour pour la remise au propre de l'avion. Elle franchit la porte d'embarquement, ses pieds touchent l'asphalte détrempé. Elle se couvre le visage avec le bras, geste bien insuffisant face à l'ampleur de l'averse. Elle monte les quelques marches qui la séparent de la place 5F et rattrape juste à temps son foulard pris par le vent.

De son hublot, elle aperçoit Bordeaux rétrécir comme une photo prise avec un objectif réduisant la profondeur de champ, donnant un effet maquette miniature. Les lumières de la ville disparaissent rapidement sous d'épais nuages. Elle aimerait rester là indéfiniment dans cet entre-deux, dans cet avion perdu au milieu de nulle part, en transit. Elle se sent en transit entre sa vie actuelle et celle qu'elle voudrait bien se donner la peine de redessiner.

Dans une sorte de paresse intellectuelle, elle lit des magazines féminins, légitimant les bienfaits d'une société de consommation en perdition, listant, à qui veut bien le croire, la recette miracle d'une jeunesse éternelle. A tout juste cinquante ans, Jeanne a épaulé toute sa vie son mari dans la société familiale de cosmétiques. Elle regrette d'avoir participé à toute cette mascarade qui a finalement déteint sur sa vie. Son mari la trompe, elle en est sûre.

Elle remarque dans la rangée d'à côté un couple d'un certain âge. Aucun mot n'est sorti de leurs bouches depuis le décollage, elle s'en étonne. Aucun geste tendre. Le temps a entamé son travail, se dit-elle, au point que l'amertume de ce couple en sursis, ait déjà été atténuée. Dans le reflet de ce miroir, elle refuse de se voir aux côtés de son mari, au prix de l'acceptation de son adultère.

Dans un ciel brou de noix, l'avion atterrit sur le sol de l'aéroport Charles de Gaulle, avec onze minutes d'avance. Jeanne est soulagée. Elle marche d'un pas métallique sur la passerelle qui mène à l'aérogare, plongée dans l'obscurité d'une nuit à venir sans sommeil. Elle se retrouve propulsée dans un flot contrasté de voyageurs, errant ou marchant d'un pas décidé. Mille vies s'entrecroisent, mille destins.

Il ne lui reste que peu de temps jusqu'à son prochain vol, elle espère que son bagage suivra. Elle entend jouer du piano au loin, elle reconnaît tout de suite cette valse de Chopin. Elle a remarqué, tout à l'heure, ce piano à queue noir brillant qui trône au milieu du hall. Mais elle n'est pas d'humeur aujourd'hui. Elle a su jouer ce morceau à l'âge de huit ans, et du Liszt à dix ans. Les prémices étaient prometteuses. Elle a toujours été attirée par les musiques romantiques. Elle a eu la chance qu'on lui offre très tôt, un magnifique piano Pleyel en bois, à la belle sonorité chaleureuse, sur lequel elle s'est exercée des heures durant. Elle jouait si assidûment qu'elle devait le faire accorder au moins trois fois par an. La musique fait aujourd'hui partie intégrante de sa vie. Elle ne peut vivre sans, tout comme le dessin et la peinture.

Depuis une quinzaine d'années, son temps libre et sa sensibilité artistique l'ont conduite vers la pratique du troisième art. Elle a appris à maîtriser les techniques de l'illustration puis elle a pris goût pour la peinture figurative, à l'huile. Elle n'a jamais pu faire de l'abstrait. Elle veut représenter sa vision du monde à travers ses toiles. Elle travaille d'abord l'arrière-plan de manière subtile avec des teintes vaporeuses, elle appose ensuite des scènes de la vie quotidienne, des instants qu'elle saisit comme le ferait un photographe, y apportant sa touche personnelle. Les contours sont volontairement flous, laissant la place à l'imagination. La douceur et la poésie sont frappantes dans ses tableaux. Elle aime faire des portraits, saisir le regard, qui avec quelques détails physiques, laisse apercevoir la profondeur d'âme. Elle n'a, en revanche, jamais pu franchir le cap d'exposer ses toiles, par humilité, par pudeur.

Une voix annonçant son vol la sort de sa rêverie, elle enfile son imperméable, s'excusant auprès d'une jeune femme coiffée d'une longue tresse de l'avoir effleurée, et part en direction de la salle d'embarquement.

De la porte K du terminal 2E de l'aéroport, elle traverse un long tunnel recouvert d'une moquette étouffant ses pas. A la porte de l'avion, on l'accompagne aimablement jusqu'à son siège qu'elle trouve presque confortable. Par le hublot, Jeanne aperçoit la jeune femme à la longue tresse, courant, retardataire. Derrière elle, les portes se referment. Les voilà parties pour treize heures de vol.

Jeanne se prépare pour sa nuit, ôte ses chaussures devenues trop étroites, se cale dans son fauteuil pour s'assoupir. Quelques minutes plus tard, l'hôtesse l'appelle.

« Madame ! Poulet ou poisson ?

— Pardon ? Répond Jeanne surprise, relevant le masque de nuit ébouriffant ses cheveux.
— Votre plat, poulet ou poisson ? Répète l'hôtesse le visage éclairé d'un sourire. Rien de très appétissant pour Jeanne qui décline, préférant privilégier le repos.

Quelques heures plus tard, une voix annonce que l'avion va bientôt faire escale à Dubaï. Il est trois heures du matin, elle a du mal à émerger de cette nuit trop courte. Elle retire son bandeau, la lumière lui envoie une décharge électrique, ses muscles sont endoloris, ses jambes aussi gonflées qu'une outre. Elle se redresse, frotte ses yeux, et s'accoude sur sa tablette, la tête entre les mains. Tout lui semble irréel.

Elle ouvre le volet du hublot, c'est la nuit noire dehors. Elle aperçoit l'aile gauche de l'avion sur l'arrière, une lumière rouge clignotante, et en contrebas des lumières. Elle sent l'avion descendre et s'approcher du sol. Ses oreilles se bouchent, elle baille pour les libérer. L'avion diffuse une musique douce de salle d'attente. Il y a peu de monde en première classe, le calme y règne si l'on fait abstraction du bruit sifflant du moteur de l'avion. Elle ne sait plus qui elle est, ni où elle va. Une angoisse l'envahit alors, sa respiration s'accélère et des larmes coulent. Elle se sent perdue au milieu de nulle part. Seule.

Chapitre 2

MONIQUE J-1

Le père de Monique est au volant de son break, « au moins c'est français », s'est-il dit le jour où il a rédigé le chèque au garage de Mr Lopez, de sa main frémissante. La voiture roule en rase campagne dans le Loiret, sous une pluie battante, phares allumés. Ils atteignent péniblement l'autoroute. Sa mère tient sur ses genoux la carte routière qu'a sortie le père de Monique la veille. Il l'a dépliée, a tracé au crayon la route jusqu'à l'aéroport, et l'a repliée de manière à voir le trajet d'un seul coup d'œil.

Il est dix-neuf heures, un peu moins pour être exact. Ils roulent depuis une heure et prennent l'embranchement d'une petite aire d'autoroute, pour être à l'heure pour manger, parce que l'on ne dîne pas chez eux, on mange. Son père se gare, descend de la voiture et laisse l'autoradio en marche. Il ouvre le hayon et saisit la glacière que la mère de Monique est allée chercher avant de partir, tout en haut de l'étagère du garage. Elle y a déposé méthodiquement des blocs de glace, du pain, du jambon, du pâté fait maison et des clémentines. Ils s'assoient sur le rebord du coffre, « au cul de la bagnole » comme vient de dire son père avec toute l'élégance qui le caractérise. Le hayon les protège ainsi de la pluie devenue plus fine. Ils mangent leur collation avec les informations et les sifflements des camions en bruit de fond. Personne ne parle. L'anxiété est palpable, accentuée par la nuit noire. La mère de Monique appréhende de quitter sa fille, son père de ne pas trouver la route. Après avoir terminé le café du thermos, ils remontent dans la voiture. Elle avance prudemment sur l'autoroute, dépassée par quelques camions sur la gauche.

Au bout d'une heure, ils franchissent une zone industrielle faite d'entrepôts alignés, annonçant les abords sans charme d'une métropole. La voiture roule sur le périphérique parisien. Sous la lumière des lampadaires, la ville devient orange, comme au travers d'un filtre augmentant les contrastes des clichés monochromatiques. Puis le terminal 2E de l'aéroport Paris-Charles de Gaulle apparaît, immense, posé là comme un objet non identifié. Monique est assise à l'arrière, à la place des enfants, place qu'elle occupe depuis trop longtemps. La panique monte chez sa mère à la vue de toutes ces routes et panneaux indicatifs, *P1, P3, P4, Parking longue durée, Arrivée, Départ*. Le père ralentit, la voiture s'engouffre dans une voie puis se gare devant l'aéroport.

« Tu comprends Monique, les parkings c'est trop cher, on va aller à l'arrêt minute ». Elle a acquiescé sans broncher.

Les mâchoires crispées, sa mère pose la valise sur le trottoir, avec Monique à côté. Elles s'embrassent. Une larme roule sur la joue maternelle. Le père tend juste la sienne. « Un homme ça ne pleure pas, lui disait sa propre mère ». Alors il s'est construit avec l'idée que les sentiments étaient des histoires de bonne femme.

Ils remontent dans le break. Monique, le cœur lourd, voit partir ses parents et Robert, son chien, la tête dépassant du coffre. Elle ne voit plus la voiture disparue dans la nuit, elle se sent alors perdue, seule. Son esprit est comme sorti de son corps, il est encore là mais à côté d'elle, elle ne sent plus ses jambes devenues cotonneuses. Elle ne sait pas où aller. Le bruit des avions qu'elle entend au loin et des valises roulant tout près, l'aide à sortir partiellement de son état. Déboussolée, elle se met à suivre quelqu'un au hasard. Son regard est attiré par une femme portant un chapeau, descendue du RER B. Elle la suit de loin. La valise de Monique percute un poteau, elle se baisse pour la remettre sur ses roues et perd de vue la femme au chapeau. Elle suit alors le flot des voyageurs et franchit la porte automatique de l'entrée. Elle repère au loin la femme au chapeau et la rattrape. Le plus embêtant pour Monique est d'attendre patiemment qu'elle ressorte de la maison de la presse, elle a peur que cette femme s'en rende compte et appelle la sécurité. Elle s'éloigne. La femme ressort, Monique active le pas jusqu'à se mettre dans une file d'attente derrière elle. Elle attend, elle ne sait ni qui ni pourquoi, mais elle attend, résignée, dans cette queue qui avance au compte-gouttes.

Elle repense à ses parents encore sur la route, à Robert qui va lui manquer. Elle a glissé heureusement une photo d'eux, prise au Mont Saint Michel par un jour de beau temps, dans sa banane clipsée autour de sa taille. Son père la lui a offerte parce que c'est pratique, il a rajouté : « On sait jamais avec les pickpockets ».

Sa valise n'est faite que de « au cas où », un coupe-vent au cas où il pleuve, un pull au cas où il fasse froid, un téléphone portable au cas où elle ait besoin de les joindre. Monique n'en a jamais eu. Elle a été, il y a deux semaines, dans une grande enseigne d'équipements sportifs du centre commercial situé près de chez elle. Elle s'est équipée avant le voyage. Elle a trouvé une polaire, des baskets, un short, un sac à dos et une casquette. Le plus dur a été de trouver un maillot à sa taille, elle a fait au plus pratique. Suivant les conseils de sa mère, elle a choisi un maillot de bain une pièce « puisqu'il y a une piscine », s'était-elle dit en référence aux nageuses que son père regarde parfois le dimanche à la télévision. Elle a tout enfilé ce matin sur elle, hormis le maillot. Elle a tressé ses longs cheveux comme à son habitude, puis les a attachés par un élastique épais de velours beige.

C'est maintenant son tour, elle s'avance. L'hôtesse de l'air lui demande de lui présenter sa carte d'embarquement. Monique reste aussi immobile qu'une vache regardant passer un train, les yeux écarquillés, la bouche ouverte. Cette dernière explique alors avec lassitude à Monique, qu'elle doit aller jusqu'à une borne pour y entrer ses coordonnées et imprimer cette carte. Monique s'éloigne avec sa valise, et part s'asseoir sur un des bancs métalliques qui la transperce de froid. Elle n'a jamais pris l'avion, ne sait pas ce qu'elle doit faire. Ses parents lui ont donné une enveloppe avec un billet à l'intérieur, elle ne s'est pas posée davantage de questions. Se rappelant du jour où elle a pris le train pour rendre visite à sa grand-mère, elle s'est imaginée qu'elle aurait là aussi, un billet à composter, que les choses seraient simples.

Monique balaye le hall du regard, se répétant en boucle « Je ne comprends rien ».

Elle finit par repérer un écran d'ordinateur et s'en approche. Après plusieurs tentatives infructueuses, un homme trépignant derrière elle depuis dix bonnes minutes, lui montre qu'elle doit juste déverrouiller les majuscules pour s'enregistrer. Le ticket sort enfin, telle une délivrance.

Elle comprend par la suite qu'elle peut lire les destinations sur des écrans couronnant les comptoirs d'enregistrement. Elle recommence une longue attente, stoïquement. C'est sans ceinture, pieds nus et la gorge serrée qu'elle franchit le portique de sécurité, se laissant fouiller au passage par des mains baladeuses. La suite, elle ne la comprend pas bien. On lui a parlé de terminal, de porte, elle ne voit que des boutiques. Elle traverse un hall, et aperçoit des bancs recouverts de cuir coloré. Il y a du monde. Sur la droite derrière l'immense paroi vitrée, des avions sont à l'arrêt. « Ce doit être là » se dit-elle. Maintenant assise, ses pensées repartent dans les tréfonds de ses souvenirs.

Elle repense à sa grand-mère Louise, qui habitait un petit village de Charente. Elle s'y est rendue au printemps dernier, avec sa mère qui a peur de conduire. Son père travaillait comme chaque jour de l'année, à la cordonnerie de la rue Gambetta héritée de père en fils. Ce jour-là, un jeudi elle s'en souvient, Monique était assise dans le wagon. Elle pensait à sa grand-mère, mais aussi à sa voisine Jeanine, qui guettait toujours à la fenêtre l'arrivée de l'étranger, dans le bon sens du terme. Une occasion pour elle de venir monopoliser la conversation et manger quelques biscuits enfermés dans une belle boite en métal, que sa grand-mère ne sortait que pour les grandes occasions. Elle se souvient de l'image du Pic du midi dessinée dessus. Sa grand-mère avait toujours du mal à l'ouvrir à cause de son arthrose, elle disait pourtant se passer de l'eau de Cologne chaque jour comme le lui avait conseillé son voisin. Monique échafaudait des stratégies avec sa cousine pour éviter le bisou franc et baveux de Jeanine, un baiser qui pourtant, venait du fond du cœur. Elles la voyaient arriver vêtue de son tablier violet à fleurs, boîtant à la suite d'une fracture mal consolidée du col du fémur. Elles lui disaient bonjour de loin, prétextant qu'elles devaient aller ramasser les œufs au poulailler.

Monique a passé toutes ses vacances avec sa cousine chez sa grand-mère. Elles étaient réveillées le matin par le berger allemand qui aboyait après l'Estafette de la boulangère, qui avait pourtant changé de véhicule un bon nombre de fois, mais le nom était resté, immuable. Elles ont bu du lait de vache fraîchement recueilli, se sont baignées l'été dans les abreuvoirs, se sont réchauffées l'hiver au coin du poêle en fonte sur lequel Louise faisait cuire sa soupe de vermicelles et son pot au feu. Que de bons souvenirs avec presque rien, juste l'essentiel, de l'amour.

C'était Michel, le fils de Jeanine, qui était venu les chercher à la gare, ce jour-là. Monique avait bien remarqué le regard de Michel posé sur sa mère, qui lui avait raconté quelques mois plus tôt, qu'elle n'avait jamais cédé à ses avances qui remontaient pourtant à l'école primaire. Elles avaient échangé un sourire de connivence. Ce jeudi, il était arrivé endimanché d'une chemisette à petits carreaux et d'un pantalon en velours, au volant de sa vieille voiture qu'il conduisait avec un manche de brouette. Le bras de son levier de vitesse s'était cassé, mais il préférait investir son argent au tiercé et rejoindre ses copains au bar du coin, plutôt que le dépenser chez le garagiste.

Lorsqu'elles sont arrivées, elle n'a pas retrouvé sa grand-mère assise au coin de la table le sourire aux lèvres. Elles ont poussé la porte d'entrée s'ouvrant directement sur la salle à manger, la pièce était vide mais l'odeur était encore là.
L'odeur du bonheur.
Sa grand-mère lui manque.

Monique trouve que la vie est devenue complexe aussi bien dans les rapports humains qu'au niveau matériel. Elle est nostalgique de cette époque où tout était plus simple, ne serait-ce que pour avoir la télévision. Autrefois il suffisait de brancher l'antenne murale pour réceptionner les chaînes.

Aujourd'hui, on parle d'abonnement, de box. Toute cette évolution sociétale et commerciale la désarçonne, elle manque de repères et se sent inadaptée. Elle sort brusquement de sa rêverie, bousculée par une femme maladroite assise près d'elle, lui effleurant le visage en enfilant son imperméable. « Excusez-moi Mademoiselle », lui dit la femme élégante, vêtue d'une robe noire aux talons hauts assortis.

Monique s'étonne qu'on l'appelle ainsi. Ce mot « Mademoiselle » résonne en elle. Elle s'imagine alors qu'elle renvoie l'image d'une jeune fille immature, d'une simple employée de maison ou pire d'une femme présumée non-mariée, en d'autres termes, une « vieille fille ». Elle se sent dénigrée, attaquée dans le peu d'amour propre qu'elle possède et se demande comment les gens peuvent lire cela en elle, en l'espace de quelques secondes. Surprise, elle entend une voix appeler son nom. Elle se met à courir dans tous les sens. Une bonne âme l'intercepte et la conduit à bon port. Elle aperçoit de la lumière et des passagers déjà installés à bord d'un avion qui, à priori, est le sien. Derrière elle les portes se referment.

Elle réalise qu'elle ne peut pas faire marche arrière, le pas de trop, juste après le saut dans le vide. L'avion s'envole, emportant Monique dans les méandres de l'appréhension.

Chapitre 3

Juliette J-1

Les passagers du RER B descendent à la hâte pour respirer à nouveau l'air enrichi en oxygène. Juliette attend son tour. Chapeau de paille vissé sur la tête, elle se fraye un chemin parmi la foule du Terminal 2E de l'aéroport Paris-Charles-de-Gaulle, slalome entre les valises et dégaine son billet électronique pour confier ses bagages. Tout lui semble simple, rapide, efficace aujourd'hui. Elle se rend à la maison de la presse pour y prendre un magazine. Elle croise en sortant une jeune femme, et est frappée par sa très longue tresse.

Elle a pris le train de 7h44 en gare de Saint-Jean-de-Luz hier, un direct. Elle a dormi à Paris chez Alice, une copine inscrite au cours Florent depuis la rentrée. La nuit a été courte, Alice voulait lui faire tester un nouveau restaurant végan de son quartier pour fêter leurs 35 ans. Elles ont parlé de l'extinction des espèces animales, du sixième continent en plastique et de la catastrophe humanitaire au Yémen. Léopoldine, une copine, les a rejointes après être allée voir un film dénonçant les ravages du réchauffement climatique. Elle a participé à la grève de l'année dernière pour alerter les responsables politiques sur la nécessité d'agir. Elle a assisté à tous les meetings parisiens des militants écologiques. La conversation a glissé vers la dangerosité des pesticides, la toute-puissance des géants du web, les différentes menaces pesant sur la démocratie. Elles ont bu un cold brew café au bistrot d'en face et ont terminé la soirée chez Joseph.

Orné de son éternelle moustache et d'un cardigan qu'il a tricoté lui-même, il leur a de nouveau parlé de l'économie circulaire et des mérites de la consommation collaborative. Juliette aime son style de vie et son look décalé, il mange bio-équitable, des graines, du pain sans gluten. Il incarne les valeurs que Juliette défend, mais pas assez à son goût, faute de temps ! En tout cas, c'est l'excuse qu'elle s'est trouvée. Avant de partir, il leur a proposé une tisane maison incongrue, avec le fenouil et la coriandre qu'il fait pousser dans sa cuisine, à défaut de potager. Il a pourtant demandé l'accord de cultiver des plantes dans la cour de sa copropriété, mais sa lettre est restée sans réponse, la réponse des méfiants. De sa fenêtre, en grimpant sur un tabouret, il leur montre fièrement un bout de la tour Eiffel, vestige d'une époque où il avait des ambitions autres.

Alice vit dans le VIème arrondissement de la capitale. Ses parents ne sont pas dans le besoin, alors ils la laissent vivre une vie d'artiste en abondant régulièrement son compte en banque qui fond comme neige au soleil.

Juliette vit elle aussi une vie de bohème, mais sans le côté bourgeois. Elle a grandi au milieu de la forêt landaise, dans une jolie maison à colombages qui respirait le bonheur. Ils étaient quatre enfants. Elle partageait la même chambre qu'Agathe d'un an sa cadette. Juliette a réussi à avoir le lit du haut. Le soir, elles s'amusaient avec une lampe torche à se raconter des histoires qui font peur, bien inutiles en ce qui les concernent. La vie les avait déjà bien frappées par sa violence. Elles se donnent encore des nouvelles de temps à autre. La vie de Juliette est faite de débrouille, de rencontres et de breezing, l'art de la désinvolture amoureuse. Elle hait les prises de tête comme le réveil du matin.

Dans la file d'attente de l'aéroport, elle attrape son portable et lit un message de Romain rencontré le mois dernier :
Quand est-ce qu'on voit ?
Un jour peut-être mais n'espère pas trop lui répond-elle d'un air détaché.
Il insiste : *Il y a un problème ?*
Elle conclut : *Oui, j'ai l'impression d'avoir vieilli de dix ans en étant avec toi. Je ne suis pas encore prête à ne voir mes potes que le dimanche après-midi parce qu'avec les enfants, c'est plus pratique ! Regarde, je ne suis même plus bourrée avant d'entamer l'apéro !*

Juliette veut vivre sans s'embarrasser ni de contraintes, ni des manies d'un homme. Elle va là où la vie la mène, sans devoir penser au lendemain. Elle évite de s'attacher, le risque est trop grand, en tout cas elle ne veut pas le prendre, elle n'en est pas là. Elle vit à mi-chemin entre le célibat et la vie de couple, dont elle frôle perpétuellement les frontières, et s'envole dès qu'elle s'en approche de trop près, de peur de se brûler les ailes. Une réaction d'instinct ou de survie. N'avoir à négocier qu'avec elle-même l'arrange. Elle veut binge-watcher sur le net, manger son pot de glace à la cuillère et aller sur les réseaux sociaux sans rendre de compte à personne. Cette vie-là lui plaît. S'ennuyer dans une vie de couple toute tracée, se séparer et puis se battre pour la garde du chien, non merci ! Elle aspire à d'autres combats.

Ce matin, elle s'est levée à l'heure du déjeuner, Alice dormait encore. Elle a pris une douche puis s'est habillée de son short en jean et d'un t-shirt en lin beige. Elle a descendu le large escalier en pierre de cet immeuble haussmannien, un voisin d'Alice lui a tenu avec galanterie la lourde porte de l'entrée pour la laisser sortir. Elle a remonté la rue jusqu'à la boulangerie où l'on faisait la queue jusque sur le trottoir. Son tour est arrivé. Elle a alors brandi fièrement un « deux chocolatines s'il vous plaît ». Elle a répété, cette fois-ci avec un air malicieux, sa phrase fétiche à la boulangère prise par surprise. Alice était réveillée à son retour, elles ont pris un brunch sucré-salé, vu l'heure avancée, au son d'un vinyle de jazz offert par Juliette. Elles ont déambulé l'après-midi dans Paris puis au jardin du Luxembourg. En fin d'après-midi, elles sont rentrées. Juliette a bouclé sa valise et a remercié chaleureusement Alice pour son accueil, promettant de revenir très vite la voir. Juliette a pris le métro puis le RER B pour se rendre à l'aéroport le cœur empli d'espoir d'un voyage enrichissant. Juliette veut vivre, faire des rencontres, profiter.

Elle est maintenant installée à bord de son avion.

La jeune femme à la longue tresse arrive, hagarde. Elle entre dans l'habitacle de l'avion et semble s'asseoir précipitamment sur le premier siège vacant, celui près du hublot au premier rang. Deux passagers déjà assis se lèvent pour la laisser passer. La jeune femme réalise qu'elle a gardé son bagage à main et son manteau bien trop encombrant pour treize heures de vol. Elle dérange à nouveau ses deux voisins et parvient à trouver difficilement une place dans le coffre situé au-dessus de la rangée d'en face, puis revient enfin s'asseoir, soulagée. Quelques minutes plus tard, un homme se tient debout face à la première rangée. Il réclame son siège, celui où la jeune femme à la tresse vient de s'asseoir, au grand agacement des deux autres. Elle erre alors dans le couloir, frôlant les quelques passagers encore debout, les mains perdues dans les coffres à bagage. Juliette qui a assisté à toute la scène, perçoit son trouble et l'interpelle.

« Tu cherches ta place ?
– Oui, répond la jeune femme, saisissant cette perche inespérée.
– Tu as quel siège ?
– Comment ça quel siège, je ne sais pas, ils sont numérotés ?
– Oui, regarde sur ton pass-board, dit Juliette en posant sur elle un regard bienveillant.
– Pardon ?
– Sur ton pass-board, ton billet électronique, tu verras noté le numéro de ta place.
– Pardon ? Répond encore la jeune femme figée.
– Montre-moi ton billet, je vais t'aider.
Juliette le saisit et lui dit d'une voix claire :
12K ! Alors bienvenue, nous allons voyager ensemble, je m'appelle Juliette.
– Enchantée, Monique ! »
Et Monique lui tend la main.

Chapitre 4

Aéroport de Dubaï

Jeanne descend de l'avion, marche sur la passerelle pour rejoindre la terre ferme et longe d'interminables couloirs rythmés d'escalators. Un vrai labyrinthe, comme sa vie dont elle ne voit plus l'issue. Les passagers étaient pourtant nombreux dans l'avion, mais le hasard remet sur son chemin cette jeune femme à la tresse, perdue semble-t-il. Elle lui indique de suivre le long couloir sur la droite comme indiqué par une flèche. Des couples, des familles, des enfants trouvant l'énergie de courir malgré l'heure très matinale, se dirigent vers la sortie.
Le terminal de l'aéroport de Dubaï est luxueux, le sol brille et reflète les lumières d'un immense centre commercial. L'heure est donnée sur des horloges ornées de dorures. Des bijouteries vendent des rivières d'or et de diamants rivalisant avec le Ponte Vecchio Florentin. Le luxe est à l'honneur. Autrefois, Jeanne aurait déambulé dans ces boutiques dénichant un article introuvable à Bordeaux, justifiant le côté compulsif de son achat. Aujourd'hui, elle est comme anesthésiée, vide de l'intérieur. Si elle pouvait rentrer dans son corps ou dans sa tête, elle ne trouverait rien, que du vide. Elle se dirige vers des relax disposés en enfilade devant le jardin Zen. Tous sont pris sauf un, occupé par un sac de voyage en cuir marron, plutôt masculin. Un homme d'une quarantaine

d'année vêtu d'un polo bleu ciel et d'un pantalon en toile beige, est allongé sur le transat voisin. Il passe bruyamment un coup de fil.
« Bonjour, vous parlez Français ? L'interrompt Jeanne.
– Attends excuse-moi, oui ? L'homme met sa main sur le combiné et l'écarte de son oreille.
– Est-ce que ce sac est à vous ? Pointe du doigt Jeanne.
– Oui.
– Pouvez-vous l'enlever pour que je puisse m'allonger ? Dit Jeanne, laissant peu de place à une réponse négative.
– Comment vous dire, le transat est réservé, j'ai une amie qui devrait arriver d'une minute à l'autre. J'en suis sincèrement navré.
Silence.
Jeanne, immobile et déjà épuisée par le voyage, ne se sent pas armée de courage pour un nouvel affront. Elle tente l'arrangement.
– Je vous le libère dès qu'elle arrive si vous voulez, j'ai besoin de m'allonger un instant, j'ai les jambes lourdes avec le vol.
L'homme, poli au demeurant, refuse malgré son insistance. Elle reste là les bras ballants, cherchant du regard un autre siège. L'homme poursuit son appel sans culpabilité apparente. Elle entend alors une jeune femme allongée à proximité, se redresser et rétorquer les yeux remplis d'injustice :
– Non mais ça va là Chouchou, tu te prends pour qui ? T'as pas compris que la dame, elle a besoin de ton transat ! Ton sac lui, il a pas mal aux jambes, si ?
– Mais de quoi vous vous mêlez au juste ? L'homme est offusqué par tant de familiarité. Il interrompt son appel téléphonique.

– Attends je dois te laisser j'ai une hystérique à côté de moi qui s'excite pour que je lui laisse le siège d'Agnès, je te rappelle jeudi !
– Moi une hystérique ! Tu vas voir ce qu'elle va faire l'hystérique ! Maintenant tu vas lui donner ton siège, espèce de mufle, tu crois quoi, qu'on va t'amener l'apéro avec un mojito et des cacahuètes ? Tu sors d'où toi pour traiter les femmes de cette manière, tu vis au fond des bois ? Je vais t'apprendre le savoir-vivre !
La jeune femme se lève brusquement, empoigne fermement le sac et le jette dans une poubelle.
– Plus de sac, plus de transat !
L'homme reste médusé. Jeanne est stupéfaite de la scène qui vient de se dérouler devant ses yeux. Il ne répond rien, se lève et s'apprête à quitter les lieux pour éviter un scandale. Jeanne remercie la jeune femme et s'installe dans ce siège. L'homme s'éloigne, les deux femmes rient avec complicité.
– Tous les mêmes, il n'y en a pas un pour rattraper l'autre.
– Je vous remercie pour votre intervention. Je n'aurais jamais osé faire une chose pareille, quelle audace ! Les hommes ne sont plus ce qu'ils étaient, croyez-moi. Vous prenez quel vol ?
– Celui de 5h15.
– Alors nous prenons le même, quelle drôle de coïncidence, c'est le destin ça ! »
Elles échangent quelques banalités puis errent dans le hall de l'aéroport. Elles s'attardent devant quelques vitrines et puisqu'elles ont encore le temps, Jeanne offre un café à la jeune femme prénommée Juliette, pour la remercier davantage de son immixtion efficace, quoique disproportionnée. Sous ses airs d'écorchée vive, Juliette semble avoir une immense joie

de vivre, son rire est communicatif. Elle paraît très attentionnée aux autres et ne pas supporter les injustices. Elle fait partie de ces personnes qui enchantent la vie par leur gaîté, leur spontanéité. Les deux femmes plaisantent à plusieurs reprises pour des choses très futiles certes, mais rire n'a jamais fait autant de bien à Jeanne. Elle en oublierait presque ses soucis. Une voix annonce aux passagers du vol de 5h15 de se rendre à la porte d'embarquement numéro 5. Elles rejoignent ensemble la salle d'embarquement, déjà noire de monde. Elles balayent du regard le hall et observent la scène d'une longue attente d'aéroport où presque tout est permis. Elles voient des enfants dormir sur les genoux de leur mère, un homme lire le journal pieds nus, jambes allongées sur sa valise, un adolescent jouer avec sa console, un bébé qui pleure et auquel sa mère cède en lui tendant son téléphone portable faute de mieux, devant le regard réprobateur de certains voyageurs pourtant irrités par les cris. Comme des vies stoppées dans leurs élans.

Juliette retrouve la jeune femme à la tresse qu'elle présente à Jeanne. Elle s'appelle Monique. Elles s'assoient à ses côtés et entament une conversation toute en légèreté. Dehors le jour commence juste à se lever.

Un avion décolle, bientôt ce sera le leur. Au loin un homme court tout seul et arrive hors d'haleine. Il cherche la porte 5. Juliette le regarde droit dans les yeux, et lui lance d'un ton caustique :

« Alors Chouchou, on s'est perdu ? T'es tout seul ? Ta princesse t'a posé un lapin ? À leur grand étonnement, l'homme ne se braque pas et répond, embarrassé :

– Elle n'est pas venue, elle avait une « conf-call » avec un manager de sa start-up.

– T'as pas l'impression que c'est peu gros là ! Tu donnes un rencart à une fille à l'aéroport de Dubaï, pour aller aux Maldives et tu viens me dire qu'elle n'a pas trouvé le moyen de te prévenir avant ! Alors, soit t'es naïf, sois t'es pas perspicace !
– ...
– Ou alors les deux !
Antoine la regarde l'air figé, perplexe.
Jeanne ne peut s'empêcher de rire, trop fort.
L'homme reste silencieux ne sachant quoi répondre devant tant de vérité qu'il se refuse de voir.
L'embarquement débute dans un brouhaha général, les familles avec enfants d'abord. Les filles font le choix de rester à l'écart de la cohue naissante. Jeanne ne profite même pas du privilège de la première classe, de pouvoir embarquer dans les premières. L'homme, maintenant assis face à elles, attend patiemment son tour, l'esprit divaguant.
Ils gagnent leurs places respectives à bord de l'avion, un personnel souriant et aimable les accueille en leur indiquant leurs rangées.
Jeanne attache sa ceinture. Elle observe par le hublot les lumières de cet aéroport insomniaque. Elle sent que l'avion s'est mis à reculer tout doucement, il roule jusqu'à la piste de décollage, s'arrête net puis se met à gronder et accélère puissamment.
Les roues quittent le sol.
L'avion s'envole, les soucis semblent plus légers.

Chapitre 5

JOUR 1

Juliette est assise sur le siège vacant à côté de Jeanne.
« Oh mais c'est génial la première classe !
– Ils t'ont laissé rentrer ? Dit Jeanne stupéfaite.
– Oui. C'est beau, c'est calme ici, nous là-bas on est serré comme des sardines. Au fait, tu sais qui est à côté de moi, de l'autre côté du couloir ?
– Non.
– Chouchou !
Jeanne rit aux éclats.
– Tu veux dire notre Chouchou ?
– Oui, il s'appelle Antoine en fait, il m'a parlé de sa copine Agnès, il a dû annuler son séjour avec elle, parce qu'elle était retenue « professionnellement », fait Juliette en imitant la voix d'un homme, l'air sérieux en fronçant les sourcils.
– Il a réussi à échanger son « package romantique » in extremis. Agnès par-ci, Agnès par-là ! Il m'a saoulée ! J'avais besoin de souffler, j'ai déambulé dans l'avion, mais en même temps c'est pas très grand un avion ! Alors je suis venue te voir. Non mais je rêve, en plus t'as droit au champagne ! On nous a servi du café aussi clair qu'une tisane ! Jeanne fait signe au steward de lui servir une deuxième coupe, qu'il lui apporte quelques instants plus tard.

– Il est carrément canon ton steward ! On s'embête pas ici, chez nous il n'y a que des hôtesses.
– Tu descends dans quel hôtel ? demande Jeanne.
– L'hôtel des *celib'*.
– Pardon ?
– Tu sais l'hôtel des célibataires sur l'île avec un nom à coucher dehors, avec des A, des U, des F, des H en veux-tu en voilà ! Même au scrabble tu tires des meilleures lettres !
– Formidable, nous descendons au même ! De toute façon, toutes les îles ici ont des noms complexes, s'esclaffe Jeanne. »

Juliette, le sourire aux lèvres, lève sa flûte de champagne en l'honneur de leurs vacances partagées.

Juliette est restée plusieurs heures à discuter et à blaguer avec Jeanne, malgré leur différence d'âge. Elle est retournée à sa place, peu de temps avant qu'on ne serve le déjeuner de Jeanne, qui lui a rappelé l'heure qu'il était et surtout qu'une nuit quasi blanche venait de s'écouler.

L'avion atterrit sans encombre. On sent déjà à l'intérieur de l'avion l'air chaud du dehors. Jeanne se découvre, victime d'une bouffée de chaleur. Ils descendent à même le tarmac et traversent rapidement le petit hall de l'aéroport, à taille humaine. Ils récupèrent leurs bagages et rejoignent le chauffeur envoyé par la réception de l'hôtel, qui les accueille chaleureusement, un rafraîchissement à la main. Il leur souhaite la bienvenue aux Maldives.

Finalement ils sont quatre à se rendre au même hôtel, Juliette, Chouchou, Monique et Jeanne. Le chauffeur les conduit au port, à quelques kilomètres de là. Ils s'installent à bord du bateau censé les amener à leur hôtel. L'eau, déjà translucide et turquoise, est peuplée de poissons colorés nageant paisiblement. Le bateau à moteur avance à vive allure, ils se cramponnent et admirent le paysage sublime alentour, l'eau allant du bleu clair à l'indigo. Cent nuances de bleu s'offrent à eux en fonction de la profondeur des fonds, la beauté de la nature à l'état pur ! Quelques sourires complices sont échangés entre Jeanne et Juliette enchantées. Juliette explique à Monique le principe du package all-inclusive promettant des vacances sans dépenses supplémentaires, l'hébergement luxueux, les activités, une cuisine raffinée, l'accès au spa, tout est inclus. Monique est soulagée pour son porte-monnaie. Le bateau passe devant de petites îles de l'archipel, certaines inhabitées, d'autres vrais refuges parsemés de bungalows sur pilotis et de villas sur sable blanc cachés par une végétation luxuriante, des îles-hôtel pour se perdre.

Une bonne demi-heure plus tard, ils posent le pied sur le ponton, l'arrivée est extraordinaire. Jeanne est propulsée dans un ailleurs inespéré, le lagon paradisiaque, l'eau turquoise, la plage de sable blanc, le doux clapotis de l'eau, les cocotiers s'étirant jusqu'au ciel. Tout est sublime. Jeanne se délecte d'autant de couleurs modifiées et sublimées sous l'effet de la lumière. Ils longent le ponton de bois et se dirigent vers la réception de l'hôtel, fait d'un imposant toit de chaume écologique, ouverte à tout vent, apportant fraîcheur et âme au bâtiment. Un banian centenaire à l'allure majestueuse, trône au milieu du village. L'endroit est calme et l'environnement verdoyant.

Un cocktail de bienvenue est servi dans l'attente qu'une jeune femme les reçoive à tour de rôle pour distribuer plan, clés, et donner les explications essentielles au séjour. Chouchou ne manque pas de s'asseoir lourdement sur le sac que Juliette avait posé sur l'un des canapés de la réception. Un drôle de bruit s'en échappe d'ailleurs. Juliette tempête. Chouchou s'excuse :

« Oh pardon, je n'avais pas vu.
– Oui c'est bien cela que je te reproche, que tu ne vois que toi, dit-elle cinglante.
Pendant ce temps, Jeanne laisse passer Monique devant elle à l'accueil.
– Bonjour Madame, bienvenue à l'hôtel Mataahorairai.
– Bonjour, dit Monique d'un ton hésitant.
– Pouvez-vous me donner votre nom ?
– Monique Dot.
– Pardon ?
– M comme Monique et D comme Dot ». Monique se répète. Juliette ne peut s'empêcher de pouffer de rire mais le fait tout de même avec discrétion, sous l'œil complice de Jeanne. Jeanne finit par lui venir en aide, lui chuchotant qu'elle doit épeler son nom.

Ils sont amenés à tour de rôle à leur bungalow. D'autres vacanciers arrivés les jours précédents se prélassent déjà au soleil. Le bruit du vent soufflant dans les palmes des cocotiers est agréable, et les transporte dans un univers longtemps attendu. Ils traversent des jardins foisonnants d'essences locales, des arbres à pain, des figuiers banians, des palmiers, des cocotiers.

Juliette est la première à découvrir sa chambre, avec terrasse et vue sur le jardin et le lagon. Celle de Monique est située seulement à quelques mètres de la sienne. Elles sont émerveillées par tant d'espace, de lumière et de raffinement. C'est au prix de quelques pas dans le sable qu'elles pourront rejoindre la plage. Chouchou a, quant à lui, une chambre dont le salon extérieur donne directement sur la plage, les pieds dans l'eau. Une centaine de mètres la sépare de celles de Juliette et Monique. Quant à Jeanne, elle dispose avec beaucoup de chance, mais elle ne s'en rend pas compte, d'une suite sur pilotis bardée de bois, avec vue panoramique sur le lagon. Elle s'est laissé tenter par Isabelle, sa voyagiste, toujours de bons conseils, dès qu'il s'agit de mettre la main au portefeuille. Jeanne est à nouveau replongée dans ses pensées négatives devenues obsessionnelles.

Après quelques heures de repos, Juliette rejoint Jeanne. Elle franchit la porte du bungalow, ébahie par l'endroit. La chambre est spacieuse, dispose d'un lit de très grande taille. Elle est équipée d'un dressing aménagé avec soins et d'une salle de bain attenante, deux vasques en pierre naturelle font face à une douche à l'italienne immense. De la baignoire, on peut observer l'océan à perte de vue. Jeanne ne réalise pas vraiment être privilégiée, aveuglée par ses ennuis.
« Elle est belle ta cabane ! J'ai l'impression que tu vas avoir la vie de princesse ici !
– Tant que le prince est loin de moi, cela me convient.
Sciemment, Juliette ne saisit pas la perche tendue pour percer l'énigme de l'histoire de Jeanne, ne voulant gâcher ce moment par de sombres confidences. Elle préfère rester sur une discussion plus futile qui ne prend pas le risque d'un dérapage émotionnel.
– Au fait, j'ai rangé mes affaires dans le dressing, et c'est quoi cette espèce de gilet de sauvetage orange fluo, c'est pour faire du canoë ? Lui lance Juliette.
– Tu veux vraiment le savoir ? répond Jeanne hésitante.
– Oui.
– C'est en cas d'alerte tsunami.
Juliette esquisse un mouvement de surprise.
– T'es sérieuse ? Un tsunami ! Il peut y avoir des tsunamis ici ?
– Oui mais c'est très rare tu sais, la rassure Jeanne.

– Mais où est-ce-que je suis tombée, je suis à l'autre bout du monde, dans un lieu où c'est le paradis sur terre, et je peux mourir à cause d'un tsunami ! C'est la panique dans ma tête là tout à coup, je crois que je ne vais pas pouvoir fermer l'œil de la nuit avec cette histoire ! »

Chapitre 6

Juliette s'est endormie. C'est avec un roman que Jeanne évite de penser, à l'ombre d'un cocotier. Le calme est omniprésent, relaxant. Sur près de deux kilomètres, la plage est d'une blancheur immaculée, presque éblouissante, pas une seule algue, juste quelques coraux échoués, du turquoise à perte de vue. Un après-midi de repos en récompense d'un long trajet qui en aurait découragé plus d'un s'il l'avait su, le temps de récupérer de cette nuit au sommeil en pointillé. Un temps de velours agrémenté d'une petite brise, atténuant parfaitement la chaleur du soleil au zénith. Plonger ses orteils que de tout petits poissons viennent frôler effrontément dans une eau aussi limpide est un véritable instant de bonheur. S'immerger dans une eau aussi cristalline et chaude est un moment inégalable. Marcher sur ce sable fin et se laisser bercer par le vent soulevant les branches des palmiers est un moment de pure plénitude. Elle tente d'apprécier ce moment privilégié dont elle prend enfin conscience.

Jeanne s'installe à l'ombre, encore mouillée, sur sa serviette, et ouvre son livre. Elle a choisi un nouvel auteur que lui a conseillé son libraire. Bordeaux est loin aujourd'hui. Elle apprécie toujours la découverte de nouveaux romans nourrissant sa vie défraîchie. Mais aujourd'hui, elle parvient à lire seulement douze pages. Son esprit vagabonde, elle ne peut l'arrêter, c'est plus fort qu'elle. Des images arrivent par flash, malgré ses tentatives stériles de lecture maintes fois entamées.

Réveillée par un vol d'hirondelles de mer, Juliette s'étire le dos, se redresse et sourit à Jeanne installée à côté d'elle. Elle se lève et traverse la plage. Elle s'assoit un moment dans l'eau translucide qui vient recouvrir, par rythme, ses jambes encore blanches à la sortie d'un hiver bien trop long. Elle part marcher au loin, ramassant de temps à autre ce que Jeanne imagine être des coquillages, déposés par la laisse de mer. Jeanne repart de plus belle dans ses pensées qui tournent en boucle. Elle ne parvient pas à aller au bout d'un raisonnement, les idées viennent, s'entrechoquent et repartent en laissant un goût amer dans son esprit déjà rempli de tristesse et de désillusion. Son regard ne peut se détacher de cet horizon qu'elle fixe inexorablement. Juliette est de retour le dos déjà roussi. Elle repousse de la main un homme s'avançant vers elle, empressé, crème solaire à la main. En fait un dragueur invétéré que Juliette pourrait repérer les yeux bandés, des kilomètres à la ronde.

Ces derniers temps, elle en a croisé des hommes, des goujats, des mufles, des rustres, des gougnafiers, des malotrus, des narcissiques, des celui-qui-veut-juste-pecho, des celui-qui-paye-pas-le-premier-resto, mais pas l'ombre d'un homme avec un semblant de normalité. Elle se serait même contentée d'un homme ordinaire voire raisonnable mais jamais d'un homme sans surprise. Juliette avait besoin de paillettes pour éclairer la noirceur de sa vie. À croire qu'à son âge, tous les « Clément » étaient déjà casés. Parce qu'il y a eu Clément il y a cinq ans, qu'on pourrait qualifier d'homme standard, à la personnalité sans relief, bien sous tous rapports, hormis sa mère. Une belle-mère comme on n'en fait plus de nos jours et qui a été à l'origine de leur rupture. Leur relation a duré neuf mois, la plus longue de l'histoire amoureuse de Juliette, le temps d'une grossesse.

Un jour, elle a sonné à sa porte. Clément l'a faite entrer comme de coutume, elle l'a suivi jusqu'au salon. Et puis elle lui a tout déballé comme ça, de but en blanc, happée par une attente insoutenable, sans d'éventuelles prémices qui auraient pu atténuer la douleur de Clément. Parce qu'au fond, il était profondément gentil et ne méritait pas de souffrir, mais avec le côté ennuyeux du genre gentil.

« Même si c'est moi qui te quitte, je reste quand même la plus triste des deux », lui a-t-elle dit. Elle avait trouvé cette phrase pour que l'annonce ne soit pas trop abrupte.

Il a tout de même laissé sa mère lui offrir une belle poêle à la frire pour Noël, accompagné d'un mot doux :

« Joyeux Noël ma chère belle-fille ! J'ai tout de suite pensé à toi lorsque je l'ai vue, cela te permettra de te mettre à la cuisine parce que mon fils risque de se lasser de tes pâtes au jambon ! »

Juliette lui a répondu spontanément, sur le ton de la plaisanterie certes :

– En tout cas une chose est sûre, c'est que je ne vous demanderai jamais la recette de votre étouffe-chrétien aux pommes de terre, parce que je tiens à garder votre fils près de moi encore longtemps ! ».

Elle n'a pas moufté, ni levé l'ombre d'un sourcil, rien n'est sorti de sa bouche, une mouche serait passée par là qu'elle aurait pu la gober.

Mais le plus douloureux restait devant Juliette, lorsque sa belle-mère lui déclara définitivement la guerre en lui offrant une crème anti-ride le jour de ses trente ans.

« Parce que te voilà maintenant du côté des ridées ! ».

Son sang n'a fait qu'un tour. Les cours de méditation qu'elle s'apprêtait à arrêter car elle n'y trouvait plus son compte, lui sont devenus d'un grand secours ce jour-là. Elle s'est promis de continuer, au moins le temps pendant lequel elle resterait en couple avec Clément.

À défaut d'être stoïque, elle lui a rendu la pareille en lui offrant chaleureusement un ravissant petit paquet agrémenté d'un bolduc argenté, choisi avec soin. Derrière le papier cadeau vintage délavé, en rappel de l'époque d'où elle vient, se cachait un sachet dont le contenu est réservé aux personnes d'un certain âge, version maxi confort, parce qu'elle le valait bien. C'est avec un immense sourire qu'elle lui souhaita le jour de ses soixante ans, devant un auditoire bien fourni et exultant, un très grand :

« Joyeux anniversaire belle-maman ! J'ai tout de suite pensé à vous en voyant ces belles charentaises feutrées, savez-vous qu'on les appelle aussi les « silencieuses », vous devriez en prendre de la graine ! ».

L'oncle Louis et la cousine Nadine sont venus la remercier du fond du cœur, les yeux arrondis de gratitude. Ils ont pu vivre par procuration un moment longtemps rêvé, malheureusement freinés par leur pudeur et surtout par la frilosité de devoir affronter des écueils inévitables.

Un cadeau comme un clin d'œil à la première rencontre avec sa belle-mère. Son accueil avait été précédé d'un :
« Tiens c'est bizarre que vous ne soyez pas blonde, d'habitude mon fils aime les blondes ! ». Autant vous dire qu'elle aurait été mieux accueillie par un ours affamé sur la banquise. Et puis un peu plus tard, il y a eu les :
« Qu'est-ce que tu as mauvaise mine Juliette ! ».

Leur couple n'a pas duré plus de neuf mois. L'esprit rempli d'espérance, Juliette entrevoit enfin la perspective de mettre à distance l'amertume accumulée et bon nombre de couleuvres avalées.

Elle quitte la plage le dos couleur écrevisse mais satisfaite de cette première journée de calme. Elle rentre dans sa chambre, se met sous une douche tiède faisant partir le sel de sa peau. Le coup de soleil est ravivé par la chaleur pourtant tempérée de l'eau. Juliette, recouverte d'une serviette d'une blancheur dont seuls les hôteliers ont le secret, part à la recherche de son sac où elle avait pensé à mettre un tube de crème après-soleil. En l'ouvrant, elle découvre un désastre. Le tube est éventré, inondant l'intérieur d'une substance blanche et collante qui recouvre ses papiers, son paquet de mouchoir, son portefeuille. Il semble avoir littéralement explosé. Juliette s'assoit sur le rebord de son lit et réfléchit. Elle refait le film de sa journée puis comprend soudainement.

Chapitre 7

Antoine quitte le bar pour rejoindre son bungalow, musique aidante. Il s'étonne de trouver encore sa valise sur le pas de la porte. Le code est défait, il se souvient ne pas avoir pris la peine de la verrouiller à la réception après y avoir attrapé sa casquette, tranquillisé par l'ambiance paisible de cet hôtel convivial.

Il se prépare pour un plongeon rafraîchissant dans la superbe piscine à débordement. En ouvrant sa valise minutieusement préparée, il réalise qu'il lui manque l'essentiel.

Il pensait pourtant l'avoir mis à Paris, il doute. Il s'imagine avoir été perturbé par Agnès.

Il saisit le plan de l'île et repère facilement la boutique située à une petite centaine de mètres de sa chambre. Muni de sa carte bleue, il y part, espérant trouver son bonheur.

Il l'imagine déjà noir avec des petits motifs poétiques couleur corail comme il en a vu en vitrine à Paris la semaine dernière, avec une longueur de jambe idéale, des poches pour le côté pratique et un joli cordon pour fermer le tout.

Il traverse le jardin tropical, rejoint le spa, longe le restaurant et atteint la boutique située tout près de la réception. Il entre. Il aperçoit une charmante jeune femme portant un polo et un short près du corps.

Elle l'accueille avec un beau sourire.

« Bonjour Monsieur, je peux vous renseigner ?

– Et comment ! Lui répond-il, avec un sourire cavaleur, déjà accoudé sur le comptoir.
Il lit le prénom inscrit sur le badge.
– Églantine, quel joli prénom. Vous allez rire ! Mais figurez-vous que j'ai oublié l'essentiel pour mes vacances !
– Ah oui, je peux peut-être vous aider ?
– Je suis à la recherche d'un maillot de bain, voyez-vous, lui répond-il d'un air amusé. Pas n'importe quel maillot, non ! Un maillot près du corps, s'arrêtant à mi-cuisse, à peine plus long. Vous en avez des bleus ? Parce que j'aime beaucoup le bleu, un peu comme la couleur de vos yeux ! Lui murmure-t-il en s'approchant d'elle.
– Ah je suis vraiment navrée mais nous n'avons plus ce style de maillot en réserve, nous venons d'être dévalisés par des touristes chinois arrivés dans la matinée.
– Il n'y a plus de maillot mais qu'est-ce qu'il y a comme jolies filles par ici ! Lui chuchote-t-il, accompagné d'un sourire entendu.
– Je peux vous montrer des slips de bain. Vous aimez les slips ? Renchérit froidement la jeune femme. Je vais voir en réserve ! Vous faites quelle taille ?
– 48
– Il me reste moutarde et kaki, lui répond-t-elle en revenant de l'arrière-boutique.
– Alors kaki ! Répond-il déçu.
– Non le slip qui me reste est moutarde et kaki, Monsieur ».

Chapitre 8

« T'es pas sérieuse Monique ! Tu ne peux pas venir à la soirée avec un t-shirt couleur menthe à l'eau ! Répond Juliette à Monique qui, visiblement, n'a pas tout compris.
– Pourquoi qu'est-ce qu'il a mon t-shirt ? Tu le trouves moche ?
– Non … mais c'est qu'il est vert ! Et ce soir, le dress-code c'est rose !
Monique fronce les sourcils.
– C'est quoi le stress-code ?
– … »
Juliette conduit Monique jusqu'à son bungalow. Elle lui doit bien ça, après qu'elle l'ait dépannée en lait après-soleil tout à l'heure. Elles ont fini par rire de cette histoire de crème tombée au fond du sac. Elle lui tend une magnifique robe courte s'arrêtant au-dessus du genou, plissée, au tissu léger et vaporeux en mousseline rose, avec un haut dénudé embelli de sequins. D'humeur aventureuse, Monique ressort de la salle de bain ainsi vêtue, chaussettes au pied. Elle ne se sent pas à son aise, comme une usurpatrice.

Elle n'a jamais essayé de telles robes. Elle n'a d'ailleurs jamais mis de robe pour ainsi dire, si l'on ne compte pas le mariage de sa cousine Adèle. Elle aime les tenues pratiques, sans chichi. Enfant, elle alternait entre les salopettes en jean et les joggings sous l'œil approbateur de son père qui rêvait d'avoir un garçon. Un jour, il le lui a dit, alors qu'elle rentrait de l'école. Il a terminé par un "Je t'aime quand même, tu sais !" Elle n'est pas allée jusqu'à se couper les cheveux courts pour lui faire plaisir, mais elle y a songé. Elle a alors trouvé le compromis de la tresse. Elle ne s'est jamais sentie à l'aise avec des talons aux pieds, encore moins avec du rouge à lèvres. Son père avait gommé d'un simple regard les prémices d'une féminité, laissant Monique dans une impasse identitaire.

Sur le chemin qui les ramène à la soirée, Juliette jure ses grands dieux à Monique qu'elle ne ressemble absolument pas à un flamand rose. Elles rient de plus belle lorsqu'au même moment, elle croise un moniteur portant une bouée rose du même animal autour de la taille, cocktail à la main.
La soirée est détendue, Chouchou les a rejointes, osant s'asseoir près de Jeanne sur la banquette du canapé de la terrasse extérieure.
« Je peux me joindre à vous ?
– Déjà tu demandes, c'est bien tu progresses ! Répond Juliette d'une langue aiguisée.
Jeanne acquiesce, se décalant pour libérer une place à côté d'elle. Elle l'invite à partager ce moment avec elles, offrant l'occasion de démarrer leur rencontre sous de meilleures augures. Il s'accoude au dossier écoutant Juliette se livrer sur sa vie.
– Je travaille comme aide-soignante dans une maison de retraite sur la côte basque, j'adore être avec mes « petits vieux », c'est pas péjoratif ce que je dis, ça vient droit du cœur, je les adore. Parfois j'ai l'impression qu'ils m'apportent plus que je ne leur donne. Ça fait trois ans que j'y suis. Avant, je n'ai pas arrêté de changer, j'ai été coiffeuse pendant cinq mois puis j'en ai eu marre qu'on me donne des ordres toute la journée,

alors je suis partie. J'ai fait la saison comme serveuse mais les horaires étaient durs à tenir. C'était assez physique, je devais faire dans les huit kilomètres à chaque service du soir. Le lendemain, j'étais épuisée. Après la saison, j'ai été au chômage pendant quelques temps puis on m'a proposé de faire un bilan de compétences qui a conclu que je devrais essayer le médico-social. J'ai refait mon CV et en ai envoyé un peu partout. Un jour j'ai passé un entretien d'embauche dans cette maison de retraite pour être agent d'entretien. J'ai tout donné parce que je le voulais ce boulot ! La femme n'a rien dû comprendre, elle m'a dit : « Ok on vous prend ! ».
J'ai sauté de joie et j'y suis toujours. Au bout de deux ans, j'ai obtenu une équivalence pour devenir aide-soignante.
Chaque matin je me lève avec l'envie d'aller travailler. Parfois, il m'arrive de rester après ma journée, même si ma collègue est arrivée pour la relève. Je fais la lecture à Yvette, Jean ou Lucien qui ne peuvent plus lire, je suis leurs yeux. Du coup j'ai découvert de grands auteurs du 19ème dont je m'étais totalement désintéressée pendant mes études, et des poèmes que Lucien affectionne. Lucien a travaillé sur le port de La Rochelle pendant sa jeunesse, il a toujours rêvé d'être marin, mais son corps l'en a empêché. Il a essayé de monter sur le bateau de son voisin, sur celui de son copain André, partir tout près, s'habituer aux tangages, à la houle. Rien n'a fonctionné, le mal de mer était là. Il s'est résigné, il est resté à quai. Il écoutait alors les histoires de ses amis marins revenant au port après des expéditions parfois lointaines. Il s'imaginait la rudesse de leur métier renforçant leur solidarité à toute épreuve. À défaut d'avoir parcouru le monde, il s'évade aujourd'hui par la lecture. Les résidents m'apportent beaucoup par leur vécu et leur sagesse. Quelquefois je sors le soir, et je me dis : « Rien n'est perdu, tout reste à vivre ».

Ils me rassurent. Ce sont des mines de savoir sur l'histoire et la vie. Je me dis qu'eux savent. Leurs réflexions abouties m'apaisent et me guident parfois. Il a quelques jours, Violette, une résidente, m'a expliqué combien la vie était injuste, qu'elle nous prend les êtres qui nous sont le plus chers, sans prévenir, sans avoir eu le temps d'en profiter. Sa fille est partie à l'âge de 24 ans, d'une mort foudroyante, depuis elle vit bancale. J'ai eu comme un électrochoc, je me suis dit :
« Ma vieille tu vas pas attendre que le prince charmant arrive au galop, tu vas profiter de la vie, tu vas t'offrir un rêve, ton premier. J'ai vidé mon livret A et je suis venue ici ! » La vie ne m'a pas épargnée, j'ai jamais connu ni ma mère ni mon père, moi aussi je vis bancale. »

Chapitre 9

JOUR 2

« Allez les filles on plie les genoux ! On tient bon ! »
La musique s'accélère puis s'arrête, et les délivre enfin de cette position très inconfortable des squats. Jeanne pensait que le cours de « réveil musculaire matinal » avec Cynthia allait la réconcilier avec son corps, elle a encore du chemin à parcourir. Elles s'étirent quelques minutes et rentrent prendre une douche. Sur le chemin, elles croisent Antoine.
« Salut Chouchou tu vas à la plage ? Lui lance Juliette.
– Alors déjà moi c'est Antoine ! Et oui je vais à la plage.
– Tu mets des mocassins à pompon pour aller à la plage toi ? T'es bizarre comme mec !
– J'ai horreur des tongs, on a les pieds sales et ça fait mal entre les orteils, lui répond-il ne comptant pas se laisser faire.
– Ah oui, t'as des vrais problèmes toi dans ta vie ! Et moi je ne mange pas de chocolat parce qu'il paraît que ça fait rétrécir les jeans !
Les filles rient aux éclats. Antoine, quoique vexé, esquisse tout de même un sourire, appréciant la répartie de Juliette et culpabilisant de ses attitudes peu courtoises de ces derniers temps. Juliette lui offre l'occasion de se racheter.
– Tu nous rejoins pour déjeuner ? »
Le clin d'œil d'Antoine en dit long sur la réponse.

Jeanne a rejoint le ponton menant à son bungalow, Juliette et Monique rentrent chez elles d'humeur légère. On les entend rire jusqu'à la plage, Monique semble se détendre et être plus à l'aise.

Sur la terrasse du restaurant, les tables sont recouvertes de nappes blanches, dressées de manière raffinée, une fleur d'hibiscus vient colorer l'ensemble. Antoine, vêtu d'un bermuda beige et d'un polo blanc, en parfait gentleman en définitive, cède la meilleure place à Jeanne.

« Je t'en prie Jeanne, assois-toi là, tu auras la plus belle vue, je vais m'asseoir à côté de… Antoine cherche un prénom qu'il ne connaît pas.

– Juliette.

– Juliette ? C'est drôle des jaunes à intervalles réguliers !

– Pardon ? Les filles se regardent interloquées.

– Je vous explique, je suis synesthète. Je souffre de synesthésie si vous préférez. J'associe des couleurs aux lettres et aux mots. Par exemple pour toi Juliette, je vois du jaune en alternance avec du bleu, seules tes lettres T sont orange.

– C'est incroyable ce que tu racontes !

– Et quand j'entends Juliette, j'aperçois comme une sorte de soleil. Chez les synesthètes, il y a aussi des personnes qui voient des couleurs en entendant la musique, mais ce n'est pas mon cas. Pour toi … ?

– Monique.

– Pour toi Monique, je vois de l'orange et du beige. Et pour toi… ?

– Jeanne.

– Je vois du rouge et du violet, du pourpre plus exactement. Mais cette particularité ne m'a jamais servi à rien ! Dit-il en s'amusant. C'est juste en moi, sans que je le veuille, les couleurs s'imposent à moi.

Monique, impatiente, lance le départ pour la conquête du buffet qui s'avère être honteusement gargantuesque. Après un premier tour et quelques hésitations, chacun revient avec beaucoup trop.
– T'as quel âge ? Lance Juliette à Antoine.
– Pardon ?
– Dans ton verre ! T'as quel âge dans ton verre ?
– J'ai 5 ans, dit Antoine amusé, et toi ?
– 15 ans, fait Juliette jubilante.
– 64 ans, répond Jeanne déçue.
– J'ai 47 ans, déclare Monique les yeux ronds.
Tout le monde rit aux éclats devant tant de perspicacité. Le déjeuner se termine sur un tiramisu général, soufflé par Monique, dont le sourire se délie à mesure de l'avancée du repas, s'ouvrant enfin aux autres.
– Je suis très heureuse d'être avec vous, l'endroit est vraiment merveilleux, si mes parents savaient, ils seraient heureux.
– ...

L'auditoire se toise sans poser davantage de questions, de peur d'être indélicat.
– Non mais faites pas cette tête, ils ne sont pas morts ! Ils vivent à La Colombe. C'est juste que c'est eux qui m'ont offert ce voyage. Ils veulent que je découvre le monde, que je rencontre des gens.
– Mais tu n'as jamais voyagé ?
– Non c'est ma première fois, enfin je veux dire c'est la première fois que je pars loin de chez moi, bredouille Monique. Je n'ai jamais quitté La Colombe. Bon en fait, je n'ai jamais quitté mes parents, comme ça vous savez tout, lâche-t-elle honteuse. J'ai 38 ans et je vis encore chez eux, je pense qu'ils sont contents de m'avoir le soir, je leur raconte ma journée

de travail enfin quand j'en ai. Je suis saisonnière dans une usine, je mets des petits pois en boîte. Ils ne veulent pas me donner de CDI alors soit je travaille, soit je suis au chômage, j'alterne. J'aime bien ce travail, avec mes collègues ça se passe bien la plupart du temps. Bon, il y a toujours une peste chaque année qui est là pour faire des histoires, qui arrive en retard le matin, ou qui est plus lente sur la chaîne, alors c'est les autres qui se tapent tout le boulot ! Mais généralement, on ne la revoit pas l'année d'après. C'est vrai que c'est dur comme boulot. Un jour, j'ai essayé de louer un appartement, mais mon dossier n'a jamais été retenu par les propriétaires, ils ont peur d'un CDD. Sauf une fois, la fille de la voisine de mes parents m'a fait confiance. Elle m'a loué un appartement qu'elle avait acheté pour son fils, mais il avait dû partir à Lyon pour les études. J'ai eu mon premier appart. Mais bon, c'est compliqué !
Après un silence d'hésitation, Monique poursuit.
On l'a aménagé avec mes parents. On a pris un clic clac, une table et deux chaises, il y avait déjà la cuisine équipée. Il était orienté plein sud au calme, j'avais une chambre et même un balcon. J'avais officiellement emménagé avec mon chien depuis dix jours, lorsqu'un soir je me suis retrouvée assise à cette table toute blanche, toute seule, avec mon verre, mon assiette, toute triste. Je me souviens, j'avais fait une purée avec des saucisses et puis d'un coup, je me suis mise à pleurer à chaudes larmes. La solitude ou l'incapacité d'être seule a jailli.
Monique marque une pause.
Je n'ai pas pu dormir cette nuit-là, à cinq heures du matin j'ai fait ma valise et je suis partie, ou plutôt je suis rentrée chez moi. Mon père a entendu du bruit, Robert a aboyé, Robert c'est mon chien. Il s'est levé et m'a dit :

« Ben qu'est-ce que tu fais là Monique ? »

J'ai fondu en larmes, je lui ai tout expliqué, ma mère m'a prise dans ses bras. C'était il y a trois ans, je crois que j'étais pas prête pour ça. J'ai peur de me séparer alors je le fais à petite dose. Je vais quelques week-ends chez ma tante Christiane. Elle habite à Saint Laurent La Forêt. C'est pas loin, je sais que je peux rentrer si j'ai besoin. Ma mère me répète : « Il faut que tu sortes ma fille, que tu vois du monde ». Pour mon anniversaire, ma tante Christiane a fait une cagnotte avec mes parents, toute la famille a participé et ils m'ont offert ce voyage. Je crois que j'ai besoin de me prouver des choses, de me prouver que je suis capable ! »

Chapitre 10

« MONIQUE, METS BIEN TES PIEDS SUR LE BORD DU PADDLE ! TU NE POURRAS PAS TENIR L'EQUILIBRE SI TU METS TES PIEDS AU MILIEU ! Crie Juliette depuis la plage, arborant un beau deux pièces à froufrous noir à pois blancs.
– NON MAIS JULIETTE, JE CROIS QUE JE NE VAIS PAS Y ARRIVER ! Répond Monique paniquée.
– SI, T'ES UNE WINNEUSE MONIQUE, TU REMONTES, TU RÉESSAYES ! »
Comme une savonnette dans une baignoire, Monique tombe à l'eau pour la huitième fois, malgré les explications indulgentes de Juliette. Monique sort de l'eau et s'assoit dans le sable, découragée. Juliette s'approche.
« Bon on va tenter autre chose, tu te mets à genoux sur la planche et tu essaies de pagayer ? »
Monique y retourne sous le couvert d'encouragements, accompagnée par Antoine équipé d'une combinaison shorty. Il la rejoint en paddle. Elle s'allonge, puis parvient à se redresser en agrippant sa planche à deux mains. Sa pagaie tombe à l'eau, elle tremble mais est déterminée à y arriver, elle pose un genou puis le second. Antoine, tout près d'elle, lui tend la pagaie repêchée. Le paddle est maintenant stable, elle enserre sa rame et fait quelques mouvements d'un côté puis de l'autre. Elle avance sur quelques mètres, l'océan est une mer d'huile, aucun remous ne vient perturber sa trajectoire. Elle

sourit et commence à se détendre, à serrer moins fort sa pagaie, puis respire. Antoine lui tend la main pour l'aider à se hisser, ce qu'elle parvient à faire avec les encouragements de Jeanne et Juliette. Elle saisit sa pagaie, rame et s'éloigne du rivage en douceur. Monique apprécie ce moment. Soulagée, elle laisse ses angoisses plonger au fond du lagon.

Jeanne et Juliette rejoignent Antoine et Monique en paddle après quelques chutes acrobatiques de Jeanne. Ils partent ensemble explorer l'océan, dont les eaux peu profondes regorgent de poissons, de raies. Subitement, Juliette se met à crier et à s'agiter dans tous les sens. Elle pagaie de plus en plus vite, tombe de sa planche, appelle au secours, grâce au leash, elle réussit à récupérer son paddle, puis parvient à remonter sur sa planche, elle est allongée et n'ose plus bouger.

« Il y a des requins ! Sortez tous de l'eau, il y a des requins ! Hurle-t-elle.

Antoine glisse vers elle. En quelques coups de rame il est à ses côtés et tente de la rassurer, amusé par la situation.

– Ils sont inoffensifs Juliette ! Regarde, ce sont eux qui ont peur de toi ! Ils s'enfuient !

Antoine lui explique qu'il s'agit de jeunes requins à pointes noires qui passent les deux premières années de leur vie dans les lagons pour apprendre à se débrouiller seuls sans leur mère, ils apprennent à chasser. Ils sont sans danger et restent craintifs quand on les approche. Elle ne risque absolument rien.

– Merci Wikipédia ! Lui rétorque Juliette vexée, ramant déjà pour rejoindre la plage.

– Ne t'offusque pas Juliette ! Lui renvoie Antoine sentant bien le malaise.

– Non, non je ne m'offusque pas, je m'en vais c'est tout ! »

Juliette quitte la plage, déposant au passage son paddle devant la cabane. Antoine la voit s'éloigner, déçu. Après cette petite frayeur alimentée par l'imaginaire de Juliette, chacun entame, de son côté, une fin d'après-midi oisive.

Jeanne rejoint sa chambre pour récupérer son roman et sa serviette de plage. Fidèle à elle-même, elle va lire à l'ombre paisible d'un cocotier.

Monique rentre se changer, elle quitte son maillot pour mettre un short et son débardeur jaune. Elle ouvre sa valise et en sort des petits papiers aux motifs colorés, elle se dirige vers sa terrasse les bras chargés et se plonge dans son passe-temps favori, celui des origamis.

Antoine reste plus longtemps faire du paddle, pour oublier l'anicroche de tout à l'heure. Au bout d'une heure, il rentre et croise sur le chemin Juliette sortant de son bungalow, qui fait mine de ne pas le voir.

Sur un ton provocateur, il ose lui dire :

« On est encore mal luné, chaton ?

Elle lui répond d'un ton faussement enjoué.

– Non pas du tout, je pars pour retrouver des gens de bonne compagnie, amuse-toi bien Chouchou ! »

Ce surnom a le don d'agacer Antoine, qui, ceci-dit, l'a bien cherché. Il remarque alors qu'elle a mis une robe longue, vaporeuse et légèrement transparente, au dos échancré. Il sent le parfum fleuri qu'elle laisse derrière elle. Juliette va boire un verre avec Je-ne-sais-plus-son-nom, l'homme qu'elle a rencontré hier soir.

Antoine atteint son bungalow, ouvre la porte et saisit son téléphone qu'il avait mis à charger. Il repart lire ses messages et les actualités au bord de la piscine. Au bout d'un moment, il entend une conversation au loin. Il pense reconnaître la voix de Juliette.

« *Il y a des appétits de bonheur qu'un paradis entier ne satisfait pas.* C'est pas de moi, c'est de Steinbeck mais j'aurais pu l'écrire.
– J'ai l'impression que tu as pas mal souffert ? Lui répond le jeune homme entreprenant, profitant de l'instant pour se rapprocher de Juliette qui n'est pas dupe de son petit jeu.
– Tu fais quoi là avec ta main ?
– Quoi ma main ?
– Oui ta main que tu viens de mettre sur mon épaule, tu profites d'un moment de confidence pour me faire du rentre-dedans ? Je crois que tu fais erreur. »
Juliette se lève brusquement et disparaît. Antoine jubile.

Chapitre 11

Antoine erre comme une âme en peine et croise Juliette radoucie.
« Ça va Antoine ? t'en fais une tête !
– J'ai pas de nouvelles d'Agnès, j'ai essayé de la joindre mais elle ne décroche pas.
Juliette marque un temps d'arrêt et invite Antoine à s'asseoir sur un des transats de la plage. Juliette s'allonge, le bas de sa robe touche le sol.
– Ça fait longtemps que tu la connais ?
– Non, depuis quelques mois, mais on a un bon feeling, je pense qu'elle ressent quelque chose pour moi, elle m'appelle souvent, me demande conseil pour son boulot.
– Tu fais quoi comme boulot ?
Antoine lève les yeux, se touche machinalement les sourcils, puis s'allonge en soufflant.
– J'ai fait une grande école de commerce à Paris, j'ai été recruté à la sortie par l'industrie pharmaceutique. Au début, j'aimais ce que je faisais mais au bout de cinq années d'épuisement, de pression, de mails le week-end, le soir, le peu de temps libre qu'il me restait était pris par des rendez-vous chez l'ostéo, sur fond d'humeur massacrante et cynique. Un bon burn-out qui s'invite à l'apéro et qui squatte chez toi pendant six mois !
Antoine s'arrête brusquement, il marque une pause de quelques minutes que Juliette respecte puis reprend :

Un matin de septembre, retour de congés, je me suis réveillé très tôt, à une heure où la ville est encore endormie. Il me restait trois heures pour me préparer, prendre le métro et aller bosser comme tous les prochains jours des prochains mois qui allaient s'écouler jusqu'à la prochaine semaine de congés qu'on voudrait bien me concéder.
J'ai regardé par la fenêtre, j'ai vu une lumière allumée dans l'immeuble d'en face. Une lueur dans cette nuit encore noire. Et je me suis mis à comprendre ceux qui se défenestrent.
Ça a été violent comme prise de conscience, jamais je n'ai pensé à cela auparavant. Je suis resté longtemps assis sur mon lit, à fumer cigarette sur cigarette, et à réfléchir sur ma vie, au sens de la vie, la famille, le travail, les amis. Je me suis demandé à quoi ça servait, qu'est-ce qu'il y avait d'utile dans le fait de continuer à vivre, pour qui, pour quoi, pour faire quoi ? Ces questions m'ont martelé l'esprit ce matin-là. J'ai descendu en rappel très profondément dans mes pensées, tellement loin que j'ai cru ne jamais pouvoir remonter de ce gouffre dans lequel ma tristesse m'a entraîné. J'ai alors imaginé ouvrir la fenêtre, monter sur une chaise et enjamber la balustrade. Puis, j'ai aperçu un enfant dans l'appartement d'en face, les volets du salon étaient ouverts, j'ai vu sa mère le prendre dans ses bras. Et c'est le sourire de mon neveu que j'ai vu. Il m'a ramené à la raison quand j'ai repensé à la partie de foot qu'on avait fait ensemble pour l'anniversaire de ma sœur. Son rire m'a hissé et m'a sorti de ma torpeur.
J'ai retrouvé ma lucidité. Je me suis fait peur. Et ce matin-là, je me suis regardé dans le miroir, je me suis rasé, j'ai mis une chemise, j'ai enfilé ma plus belle paire de chaussures et j'ai claqué la porte de chez moi. Je me suis retrouvé deux stations plus loin, allongé sur une table d'examen. L'homme, un grand gaillard barbu à qui je n'aurais pas demandé l'heure

dans la rue, m'a donné une dernière chance de reculer. Je lui ai répondu :
« Vas-y ! »
C'est sur un fond de musique d'ACDC assourdissante et au prix de picotements qu'il est venu à bout de la phrase :
« Never again ! », qu'il m'a tatoué en haut de la fesse gauche. Juliette, soufflée, écarquille les yeux.
J'ai ensuite envoyé un mail à mon patron à l'heure de la réunion où tout le monde m'attendait, avec comme intitulé « nouvelle stratégie commerciale », et en pièce jointe la jolie photo que je venais de prendre du haut de ma fesse gauche tatouée.
En savourant mon expresso à la terrasse d'un café, j'ai imaginé toute la matinée le sourire comblé de mes collègues lorsque la photo a été envoyée sur la toile par le vidéoprojecteur.
Après ça, j'ai fait une pause pour créer ma société de coaching. J'organise des work-shops, des séminaires de leadership, du coaching individuel. Mon but est d'intervenir auprès d'équipes pour améliorer leur communication, gérer des conflits, sous le couvert d'une méthode humaniste et bienveillante. J'ai dû faire un business-plan et démarcher les clients. C'est à ce moment-là que j'ai rencontré Agnès. Elle venait de créer une start-up en biotechnologie basée à Londres, et rencontrait des problèmes dans son équipe. On se côtoyait depuis six bons mois quand elle m'a confié qu'elle se sentait débordée par la situation.
Et puis il y a quelques semaines, elle s'est rapprochée de moi au détour d'un dîner. Elle semblait tout à coup plus intéressée par ma personne que par mes services, notre relation a basculé dans quelque chose de plus confidentiel. On a parlé de ses inquiétudes, de ses envies d'évolution, elle admirait la force que j'avais eu de changer de vie. Deux investisseurs lui

ont fait une offre récemment, une occasion en or s'est présentée à elle de revendre sa start-up à un prix alléchant, en tout cas suffisant pour voir venir financièrement. Elle a accepté une quinzaine de jours après, et s'est sentie libérée de ses responsabilités qui étaient devenues annihilantes.
Je lui ai proposé qu'on passe du temps tous les deux et j'ai réservé le séjour. Nous n'étions pas vraiment encore ensemble mais un couple en devenir, enfin je l'espérais !
– Elle t'a quand même posé un lapin aux Maldives !
– Je sais et je ne m'en remets pas, répond tristement Antoine, laissant un temps de réflexion à cette conversation intimiste.
Il réalise qu'il raconte sa vie à une inconnue dont il ne sait rien, mais il sent quelque chose en elle, de difficile à définir, un peu comme une évidence mais sans les explications. Après des débuts scabreux, il voudrait laisser la place à une vraie rencontre avec elle.
Juliette est surprise de se laisser aller elle aussi à la confidence. Après la confiance dont il lui a fait part en se livrant, elle se sent bien avec lui.
– J'ai été élevée dans une famille d'accueil, mes parents adoptifs ont été formidables. Ils ont tout fait pour moi mais il m'a manqué l'essentiel, mes parents, mes vrais parents je veux dire.
Aujourd'hui j'ai toujours l'impression qu'on va me trahir. Tu vois, je ne suis pas prête à avoir une vie bien rangée comme tout le monde, mariée, deux gosses, un labrador, et une belle-mère ! Surtout une belle-mère à déjeuner chaque dimanche !
Juliette rit.
J'ai pourtant essayé mais ce n'est pas pour moi ! J'ai trente-cinq ans, l'horloge biologique peut bien continuer à tourner, je m'en fiche. Mes copines insistent pour que je leur présente quelqu'un. Elles sont toutes en couple, Émilie s'est mariée

l'année dernière, Anaïs a accouché de son deuxième le mois dernier et Léopoldine se fiance en avril. On est en décalage, elles parlent robe de mariée, grenouillères et dents qui poussent. Moi j'en suis encore à regarder les séries TV et essayer les derniers bars branchés. J'ai l'impression d'avoir vingt ans dans ma tête, d'avoir oublié de grandir, d'évoluer, comme si une partie de moi était restée bloquée. Parfois je n'ai plus rien à leur dire, c'est ce qui m'effraie le plus, comme deux continents qui partent à la dérive. La fracture est là et grandit de jour en jour. Tomber amoureuse, vraiment amoureuse je veux dire, c'est prendre le risque d'être délaissée. Je n'arrive pas à faire confiance. Alors je ne m'attache plus, je préfère te prévenir si jamais l'idée d'être en couple avec moi venait t'effleurer l'esprit ! Dit-elle en blaguant.
– Oui enfin t'emballe pas on ne se connaît que depuis hier ! J'ai pas de projet de mariage avec toi, mais au moins t'es honnête comme fille !
– Oui, pas fiable mais honnête. J'ai envie de me sentir vivante, que ma vie soit animée sans cesse.
– Mais dans le fond, tu n'évites pas de te retrouver face à toi même ?
Silence.
T'as rencontré quelqu'un ici ? Relance Antoine.
– Oui vaguement, Je-ne-sais-plus-son-nom ! Dit-elle en riant.
Antoine ne répond que d'un demi-sourire, déçu. Il remarque le changement d'expression soudain sur le visage de Juliette.
– T'as l'air triste tout à coup ? lui répond Antoine intrigué par son changement d'expression.
– Oh, c'est juste que parfois j'ai le passé qui remonte me mettre des baffes. Je réalise que c'est dur de vieillir, parce que quoique tu fasses, tu dois faire des choix.

– Ne pas faire de choix c'est aussi en faire un.
– C'est pas faux, c'est bien ça le pire, rétorque Juliette le regard dans le vague.
Jeanne s'approche et s'installe près d'eux, brisant le silence et le début d'une complicité naissante.
– Ah vous êtes là ! Alors, tu as des nouvelles de ton amie, Antoine ?
– J'ai croisé Jeanne tout à l'heure à la piscine, je lui ai dit pour Agnès, explique Antoine à Juliette.
Eh bien non justement, je vais lui laisser du temps, la laisser faire son chemin, elle sort d'une histoire compliquée. Je l'attends, elle finira bien par revenir vers moi.
Et toi Jeanne, tu en es où dans ta vie, tu es mariée à ce que je vois ? Dit Antoine en fixant l'alliance au doigt de Jeanne.
Celle-ci la touche machinalement, gênée.
– Oui mais plus pour longtemps. Je suis venue ici pour fuir mon mari, enfin ce qu'il en reste.
Après un court silence, Jeanne reprend :
Je ne sais plus qui il est. »

Chapitre 12

« Je suis en train de perdre le seul refuge que j'ai, ma maison. J'ai tout pour être heureuse et je ne le suis pas. Je ne l'ai jamais été. Mon mari a une belle situation, nous avons la chance de vivre sans connaître les fins de mois difficile, nous avons une très belle maison dans un quartier résidentiel de Bordeaux, recherché pour sa tranquillité et sa proximité avec le centre-ville. J'adore cette maison et j'y ai toutes mes habitudes. Je mets dix minutes à pied pour aller faire mon marché, je peux faire mon jogging depuis chez moi et mes amies sont tout près.
Notre maison est cossue, confortable et dispose de quatre belles chambres nous permettant de recevoir du monde à dormir. Notre cuisine donne directement sur une terrasse couverte, où il est très agréable de dîner les soirs d'été. Le jardin est fleuri et verdoyant la plupart du temps, de hauts murs en pierres recouverts de lierre nous cachent du vis-à-vis. J'ai eu un véritable coup de cœur pour cette bâtisse au charme fou. Un vrai havre de paix. Et je vais devoir en partir, annonce tristement Jeanne.
Nous avons beaucoup investi dans notre maison, nous avons réalisé de nombreux projets au fil des années, ce qui a participé au fait de rester soudés, enfin je le pensais. Ma volonté a été de m'y sentir bien. Pour mon mari, cette maison n'a été, et je ne le réalise qu'aujourd'hui, qu'un faire-valoir, un peu comme je l'ai été pour lui. Nous avons une piscine qui a fait

bien des envieux. Mon mari l'a faite construire dans le seul but de faire enrager notre plus proche voisin. Au final, il s'y est peu baigné.

Il a fait creuser une cave sous la maison, un chantier complexe et périlleux pour la solidité de la maison. Il y fait frais ce qui lui permet de stocker de nombreux grands crus de la région, Haut-Médoc, St-Émilion, vins de graves. Sa plus grande fierté est d'inviter ses amis à déguster des châteaux Mouton-Rothschild ou des châteaux Latour de quinze ans d'âge assis dans l'un de ses fauteuils en cuir, qu'il a fallu descendre péniblement par un escalier aussi raide qu'une échelle de meunier. C'est son espace, je m'y rends peu. J'ai aujourd'hui une nouvelle lecture du passé, j'ai compris qu'il a fait tout cela pour lui, uniquement pour lui. J'ai cru que c'était pour nous, je m'en veux de n'avoir rien vu avant.

Jeanne s'arrête quelques instants, songeuse.

Je ne parviens pas à me faire à l'idée qu'une autre puisse prendre ma place, cette idée me rend folle de rage. Mon mari rentrait tard ces derniers temps. Notre couple a évolué à travers ses absences, qui ont creusé un abîme aujourd'hui. Son travail l'oblige à partir loin, des réunions importantes l'attendent ailleurs, des contrats importants doivent être signés, les clients chinois sont parmi les plus exigeants, voici ce que j'entends régulièrement. Parfois je me demande quand il prend le temps d'acheter les costumes sur mesure qui remplissent sa penderie. Il a un dressing à faire pâlir n'importe quel homme d'affaire. Il a toutes sortes de chemises en coton, allant du blanc au bleu ciel, avec un col à la française. Il exècre les cols américains. Je pense qu'il en possède une bonne cinquantaine. Il bannit les motifs même très légers. Son allure se doit d'être soignée, il ne se contente que de marques luxueuses. Ses cravates toutes bleues marines, ses costumes

en laine italienne fabriquée directement dans les Pouilles ! Il ne porte que de belles montres automatiques de grandes marques suisses et ses chaussures sont exclusivement en cuir !
Jeanne s'irrite.
Le tout, il est vrai, lui apporte un certain charme à la française. J'avoue que mon mari a tout pour lui, une assurance dans sa démarche, une certaine élégance, du charisme qu'il entretient au fil des années. C'est ce qui m'a séduite dès le début.
Jeanne se lève et se met à marcher, ses gestes trahissent son agacement.
Je me suis toujours occupée de toute l'intendance de notre vie ! Il n'a jamais mis les pieds dans un supermarché ! Il ne s'est jamais préoccupé des factures à régler, de la femme de ménage, de l'entretien du jardin, du patrimoine !
Jeanne se rassoit, abattue.
J'ai œuvré en silence et en solitaire. Certains me répondraient de ne pas me plaindre. C'est vrai, je le reconnais, j'ai eu de la chance mais ces personnes ne peuvent s'imaginer combien on peut se sentir seule dans une cage dorée. La solitude ne me quitte plus aujourd'hui.
Un jour j'ai entendu le bruit d'une voiture se garer devant chez moi. Je sortais de la douche, mes cheveux étaient encore humides. Peu de voitures se garent devant chez nous. Ce jour-là, j'ai reconnu depuis la fenêtre de la salle de bain de l'étage, une berline noire, le modèle semblait récent et luxueux. Une femme élégante était au volant, des lunettes noires masquaient ses yeux. Je me tenais debout, tapie derrière les rideaux, lorsqu'elle a tourné la tête dans ma direction. Elle est restée là quelques minutes. Nos regards ont dû

se croiser. La voiture a démarré, je l'ai perdue de vue. Cet événement m'a intrigué et puis j'ai fini par comprendre.
Jeanne lève la tête et regarde de ses yeux fatigués Juliette et Antoine absorbés.
Je ne suis pas triste, seulement fatiguée, lasse de ma vie. J'ai besoin de changer, voyez-vous, je n'ai rien osé dire pendant toutes ses années, j'ai subi, dans le confort et la sécurité financière certes, mais je l'ai toujours fait passer avant moi, je me suis oubliée, j'ai vécu en fonction de ses besoins et de ses désirs à tel point que je ne sais plus qui je suis.
Cynthia arrive, joviale et excitée. Elle leur propose de venir danser autour de la piscine sur le tube de l'été. Jeanne répond froidement.
Non je ne viendrai pas !
J'en ai assez d'être tournée en ridicule ! »

Chapitre 13

Juliette et Antoine retrouvent Monique au bord de la piscine qui, dans son maillot de nageuse, suit déjà le rythme endiablé de la chorégraphie dansée à heures régulières. Elle rit aux éclats. La banane qu'elle porte autour de la taille ne cesse de bouger. Juliette se joint à elle et lui conseille d'aller la poser pour être plus à son aise.
« Juliette, je sais que c'est moche mais c'est pratique une banane !
– Oui mais là pour danser, c'est pas pratique Monique, tu vois ! Sourit Juliette. »
L'animateur, la fièvre au corps, s'époumone pour faire danser aussi harmonieusement que possible tout ce petit monde. Autant dire que Monique a un temps de retard, Antoine tamponne gaiement Juliette qui parvient difficilement à synchroniser ses bras et ses jambes, et manque de tomber dans la piscine à la suite d'un pivot hasardeux.
Cette danse se termine sur une note de bonne humeur qui fait du bien à tout le monde. Ils se dirigent ensemble, naturellement, vers les jardins qui mènent au restaurant.
Monique leur raconte qu'elle aurait aimé savoir danser mais elle n'en a fait qu'une seule année. Plus jeune, sa mère l'avait inscrite aux cours de danse du mardi soir, elle y retrouvait quelques amies de sa classe. Elle avait suivi avec assiduité chaque séance. Le dimanche, elle poussait le fauteuil du salon pour se faire de la place, et répétait scrupuleusement les

pas chez elle. Son père râlait. Sa mère assouplissait les vielles manies de son époux, comme elle aurait tanné du cuir pour en faire un sac à main. Et Monique s'exerçait. Une semaine avant les répétitions finales, des rumeurs sur elle se sont propagées.

Monique marque un temps d'hésitation avant de poursuive. Elle se replonge dans ce souvenir douloureux, qui revient à la surface comme une vilaine cicatrice. À partir du deuxième trimestre, quand elle se rendait à l'école de danse, elle entendait des messes basses qui s'arrêtaient net lorsqu'elle franchissait la porte des vestiaires.

Antoine et Juliette écoutent attentivement Monique sans lui couper la parole. Monique se sent à l'aise pour se laisser aller à la confidence. Son instinct lui dit qu'elle peut leur faire confiance, qu'ils ne la jugeront pas. Monique poursuit son récit. Elle avait une bonne copine, Laure, qui a fini par lui révéler ce qui se tramait. Elle lui a expliqué avoir pourtant pris sa défense, mais leur bêtise était plus forte. Il se racontait qu'elle ne pourrait pas monter sur scène car une danseuse ne peut pas porter de lunettes, ça ne se fait pas.

Juliette est choquée.

Le regard d'Antoine croise celui de Monique, un regard appuyé et empathique, que Monique apprécie.

Monique n'a pas su quoi répondre face à tant d'idiotie. La tristesse ne l'a pas quittée pendant quelques jours, sa mère l'a vu. Elle lui a tout avoué, se libérant d'un poids trop lourd pour elle. Elle a serré sa mère dans ses bras, d'un amour entier. Puis sa mère l'a aidée à affronter cet obstacle et l'a poussée à monter sur scène malgré tout. Elle ne devait pas se laisser faire, la discrimination n'avait pas sa place dans un cours de danse pour petites filles. Monique a poursuivi ses cours

jusqu'à la représentation finale. Elle a pleuré avant de monter dans la voiture de ses parents, de peur. Mais l'envie d'y parvenir a été plus forte. Elle s'est préparée, maquillée, a mis son costume et a posé ses lunettes sur son nez, le geste de l'audace. Elle s'est positionnée sur scène avant le lever de rideau, et a exécuté ses pas de danse comme on le lui avait appris. Sa mère l'a félicitée après, elle a admiré son courage. Monique a remarqué ses yeux rougis par les larmes et la fierté.
Elle se souvient de ce moment comme de ce que lui a dit sa mère : « Sois forte ma fille, sois plus forte que la bêtise ! »
Juliette écoute en silence le récit de Monique qui la touche par sa sincérité et sa violence ordinaire. Elle voit le regard attristé de Monique, et ose passer une main dans son dos, même si elle ne la connaît qu'à peine, mais elle a envie de la protéger, de réparer.
Monique a elle aussi été abîmée par la vie.

La soirée se poursuit par un dîner sur la terrasse, au bord du lagon, à la lumière du soleil couchant. Le menu est varié et riche en saveurs, chacun se sert au buffet gigantesque, les plats sont raffinés, travaillés et même allégés pour certains. Juliette revient avec une assiette de viande et une assiette de poisson.
« Je n'ai pas pu choisir entre les deux, dit-elle avec complicité à Antoine.
 - T'avais pas dit que tu voulais te mettre au régime ? Lui lance Antoine ironique.
 – Et toi tu n'avais pas dit que tu allais arrêter d'être mesquin ? »
Monique quant à elle, se remplit de son tiramisu quotidien, apaisée et déjà satisfaite de ces jolies rencontres avec Juliette

et Antoine. D'ailleurs, ils organisent ensemble une séance de « foot fantaisie », massage des pieds pour libérer des toxines et revitaliser le corps. Monique est partante, elle ira s'inscrire demain matin.

Chacun rentre à son bungalow d'une humeur légère avant de se retrouver un peu plus tard pour une soirée cinéma.

Monique essaie de mémoriser le nom de l'activité sur le chemin, l'anglais n'a jamais été son fort.

Antoine raccompagne Juliette jusqu'à sa chambre. Avec son téléphone qu'il utilise comme lampe torche, ils aperçoivent un gecko près de sa porte qui fait sursauter Juliette ne connaissant pas encore cette sorte de lézard inoffensif. Juliette rentre dans sa chambre et se change, le temps s'annonce plus frais qu'elle ne se l'était imaginé.

Chapitre 14

Blottis au fond d'un transat, plaids sur les genoux, ils apprécient de revoir « Nous finirons ensemble » de Guillaume Canet, à coup de pop-corn fraîchement éclatés. Jeanne les a rejoints. La projection du film se fait à la belle étoile, les pieds dans le sable sur un écran entouré de paille de coco avec un système de son surround pour ne pas en perdre une miette. On entend au loin la soirée rouge qui promet d'être animée. Ils ont préféré un moment privilégié, tous ensemble.
Jeanne repense par ricochet au film de Maurice Pialat des années soixante-dix, « Nous ne finirons pas ensemble », une sombre histoire d'adultère créant la discorde dans un couple jusque-là sans histoire. Le mari devient absolument odieux envers sa femme qu'il dénigre et rabaisse ouvertement pour pouvoir vivre son histoire d'amour avec sa maîtresse. S'ensuit un cycle infernal de disputes et de réconciliations. Jeanne a réfléchi, elle se refuse d'en arriver là, refuse de prendre le rôle de la femme éconduite qui s'entête à rester, en vertu d'une promesse d'amour inconditionnel, faite par une belle journée du mois d'août.
Elle ne veut pas faire partie de ces femmes qui ferment les yeux pour garder leur confort.
Elle s'imagine avoir assez de courage pour lui jeter un jour au visage ce que Catherine, le personnage du film, rétorque à son mari infidèle.

Mais elle sait au fond d'elle qu'elle n'y parviendra pas malgré la colère qui l'envahit. Elle vivra ce moment seulement en imagination.

Alors que le film se termine, Antoine et Monique regagnent leurs quartiers, Jeanne reste un long moment avec Juliette.

« Ce samedi 7 août 1993, année d'investiture de Bill Clinton, je m'en souviens, il portait un costume gris clair taillé dans une laine de grande qualité déjà, fermée par deux boutons, une chemise blanche en popeline recouverte d'un gilet dans le même ton que la veste. On voyait sortir de sa pochette une fine bande de soie, blanche et unie. Ses chaussures étaient en cuir, noires. Il était beau. Ce fût un très beau moment que j'avais attendu depuis le jour de notre rencontre. Nous avions eu la chance de le célébrer au sein d'un luxueux château dominant la Garonne. Les convives étaient nombreux et la fête réussie hormis l'incident d'une des demoiselles d'honneur qui s'était pris les pieds maladroitement dans sa robe. Elle était tombée lors du lancer de bouquet. Sa robe avait été recouverte de soupe champenoise et le talon de sa chaussure était resté planté dans la pelouse.

Le visage de Jeanne s'éclaire d'un léger sourire.

Les tables du cocktail avaient été dressées dans un superbe parc fleuri. À l'arrière du château, une terrasse dominait le fleuve et nous avions dansé dans un magnifique salon de réception aux murs moulurés et au sol de chêne blond. J'avais choisi ma robe avec ma mère et ma sœur chez une couturière qui se situait à l'époque rue Voltaire, près des Grands-Hommes. Nous y étions allées à plusieurs reprises. Pousser la porte de l'atelier à chaque rendez-vous avait été un vrai délice. Elle avait esquissé un croquis fidèle à ma description. Ma mère et ma sœur m'avaient aidée à choisir les étoffes. Un paquet de mouchoir n'était pas venu à bout de nos larmes lors du premier essayage.

Mon père engoncé dans un costume qu'il n'avait pas l'habitude de porter, m'avait conduite à l'autel avec sa froideur légendaire. Pas un sourire, pas un rictus n'était venu naître à la commissure de ses lèvres. Mais je sais qu'au fond de lui, il avait apprécié ce moment. Les demoiselles d'honneur avaient été merveilleuses. Je ne les connaissais pas toutes. Celle recouverte de soupe champenoise était une amie de la famille de mon mari, heureuse de se voir confier ce rôle, plus exactement une amie de Christiane, pourtant particulièrement antipathique.

Christiane est la sœur de mon mari, une vieille fille dont le sourire a fait fuir bien des prétendants tant il met mal à l'aise. Elle faisait son petit effet lorsqu'il s'agissait de repousser l'inconnu. Mon beau-père s'était inquiété de la voir toujours célibataire passé quarante ans et avait tenté d'exercer sur elle une pression pour la remettre sur le droit chemin des standards poussiéreux de la société patriarcale. Il avait quand même osé lui dire au détour d'un repas dominical : « Tu veux terminer le restant de tes jours seule comme Madame Fournier avec ton tricot et tes chats ? Voyons ma fille ! Remue-toi ! Comment veux-tu me donner un petit-fils ? ».

Elle avait fini par trouver un quidam qui avait bien voulu lui passer la bague au doigt, par un dimanche pluvieux non loin d'Auvers-sur-Oise, région dont étaient natifs ses beaux-parents. Nous n'avons jamais douté que mon défunt beau-père avait orchestré ce mariage contre quelques arrangements financiers.

Chapitre 15

JOUR 3

« Salut les filles ! Ça va ce matin ? Bien dormi ? Lance Antoine arrivant fièrement dans son nouveau petit maillot de bain.
Juliette et Monique sont alors prises d'un énorme fou rire.
Je savais que je vous faisais de l'effet les filles, mais à ce point-là, c'est inespéré !
– Oh mon dieu, mais c'est quoi ce slip de bain ? Il est collector ! S'esclaffe Juliette, riant aux larmes.
– Ouah ! On dirait le slip que portait mon père quand il a rencontré ma mère, et ça date ! Renchérit Monique.
– Écoutez, contre mauvaise fortune, bon cœur, comme on dit par chez moi ! J'ai trouvé cette petite merveille dans une boutique à St Trop' l'été dernier, il fait fureur sur les plages ! Les gens se l'arrachent vous savez ! Plaisante Antoine.
– Quand Chouchou se transforme en beau gosse !
– Tu fais très petit italien comme ça, non je t'assure, tu crois que ça va plaire aux Asiatiques ? Plaisante Juliette.
– Non mais par contre, je sais que je n'ai pas laissé indifférente Églantine.
– Églantine ?
– Oui la responsable de la boutique de l'hôtel.
– Parce que tu l'appelles par son prénom ?

– Oui, on a fait connaissance, et tu sais que sa grand-mère vivait dans le même village que la mienne, c'est drôle les coïncidences !
– Oui très drôle. Répond sèchement Juliette qui quitte soudainement son transat pour aller se baigner, contrariée. Antoine perçoit immédiatement son trouble, qu'elle a pourtant essayé de dissimuler.
– Attends-moi, je viens avec toi !
Après quelques éclaboussures volontaires de Juliette, Antoine ressort de l'eau, le pied ensanglanté. Elle s'approche de lui, inquiète.
– Montre-moi !
– J'ai dû marcher sur un rocher ! Ah ! Mais ça saigne en plus !
– C'est arrivé à Nathan avant hier.
– Nathan ?
– Oui tu sais, je-ne-sais-plus-son-nom s'appelle Nathan ! Nous aussi, on a fait connaissance hier soir !
– Ah ! Le visage d'Antoine se referme.
– Allez viens je t'emmène à l'infirmerie, tiens-toi à moi.
– Non mais attends, je ne vais pas y aller comme ça !
– Comment ça comme ça ?
– En slip de bain !
– Ah ! Juliette rit. Tu feras connaissance là-bas aussi avec Maurice, c'est un grand gaillard d'un mètre quatre-vingt-dix, un ancien rugbyman. Vous pourrez parler maillot tous les deux. Antoine se décompose.
Jeanne, quant à elle, récupère de la soirée prolongée d'hier, elle prend un café à la terrasse du bar. Elle interpelle Antoine et Juliette qu'elle aperçoit marchant clopin-clopant.
– Tout va bien ?
– Antoine s'est blessé au pied, et l'infirmerie n'ouvre qu'à dix heures.

– Venez vous installer ici, je vais aller chercher de quoi désinfecter.

Jeanne part à son bungalow d'un pas rapide, elle ouvre sa chambre et saisit sa trousse de toilette dans laquelle elle a pris soin de glisser un kit de premiers secours. C'est aussi à cet endroit qu'elle range ses produits de beauté et ses bijoux. En voyage, elle a toujours peur d'égarer ses bagues, ses boucles d'oreille et son collier. Chaque soir, elle les dépose méticuleusement dans la petite poche intérieure. Elle fait coulisser la fermeture et attrape le désinfectant, les compresses, les pansements. Elle retourne auprès d'Antoine et procède à un nettoyage soigneux de la plaie.

– Je ne te fais pas de bandage, je préfère que tu te rendes à l'infirmerie, on ne sait jamais si c'est un poisson-pierre. Sais-tu que c'est un des poissons les plus venimeux au monde ? »

Antoine n'avait pas pensé à cette possibilité, son visage s'affaisse et ses yeux se remplissent d'inquiétude.

Ils repartent en direction de l'infirmerie, Antoine claudiquant avec l'aide inconditionnelle de Juliette.

Il ressort du cabinet médical quelques instants plus tard, exempté de baignade pour les heures à venir par cette simple égratignure de coraux. Il s'installe alors, rassuré, au bord de la piscine pour le reste de la matinée en compagnie d'un bon polar.

Monique est restée à la piscine. Elle observe les autres femmes. Elle remarque qu'elle est la seule à être vêtue d'un maillot noir, une pièce à l'allure sportive et sans chichi. Elle voit bien les maillots colorés des autres, des triangles, des bandeaux, des froufrous. Elle se laisserait bien prendre au jeu de la fantaisie elle aussi. Elle hésite. Mais tout cela est bien trop féminin. Elle remet sa décision à plus tard, de toute façon elle n'a pas le temps de passer par la boutique, elle doit y aller. Elle quitte son transat, longe la piscine, dépasse le restaurant, et atteint le centre « eau et spa » où elles doivent se retrouver entre filles. Monique s'étonne de faire ce genre de choses, elle n'en a pas l'habitude. Elle rejoint Jeanne déjà là. Juliette arrive avec quelques minutes de retard.

Elles découvrent émerveillées ce complexe de détente. Elles s'immergent dans un bassin chauffé à 33°C à l'ambiance très calme. Elles rejoignent ensuite un espace plus dynamique par un couloir de nage à contre-courant. Elles essaient successivement le jacuzzi, les jets et douches hydro-massant, les bouillonnements subaquatiques puis se délassent sur des lits à bulles. Trois places se sont libérées par chance.

Elles parviennent à profiter pleinement de la vue sur le lagon et à s'abandonner au bien-être. Après de longues minutes de détente, Jeanne relève sa tête et pose ses mains à plat sur son lit bouillonnant. Elle ressent le solitaire qui orne son annulaire droit mais, en revanche, elle ne perçoit pas son alliance. Elle s'assoit brusquement, cherche à tâtons cet anneau qu'elle avait pourtant mis ce matin. Elle se revoit encore le faire méthodiquement, comme tous les jours, après avoir attaché ses boucles d'oreille et son collier. Elle ne retrouve pas cette alliance sur ce lit turbulent et peine à voir par transparence le fond du bassin, gênée par les bulles. Juliette comprend rapidement son problème et part en quête elle aussi, suivie de Monique. Juliette explique le cas à ses voisins au regard interrogateur, alternativement en français et en anglais. L'information se propage rapidement à l'ensemble des personnes présentes dans le bassin. Dans un immense élan de solidarité collective, tous se mettent à scruter. Près de quarante personnes inspectent le fond de la piscine. Jeanne

entend : « Oh la pauvre ! Elle a perdu son alliance. Tu imagines, sa bague de mariage ! » Et la copine de répondre « Mais on n'est pas censé être dans un hôtel pour célibataire ? » Suivi d'un « Attends mais t'en sais rien, peut être que son mari est mort ! »
Des larmes de décrépitude roulent sur les joues pâles de Jeanne, pensant à son couple qui part décidément à vau-l'eau. Même le sort s'acharne.
Un surveillant, apprenant la mésaventure, interpelle son collègue d'une voix rauque sans doute causée par l'abus d'alcool. « Bon tu coupes tout ! Tu coupes tout, je te dis, tu coupes le jacuzzi, les bains à remous, les lits bouillonnants, tu coupes tout ! ».
Subitement les bulles cessent de jaillir, le bruit a disparu, le calme est revenu, et près de quarante personnes ont la tête rivée sur le fond devenu translucide, même les surveillants se joignent à eux.
Ce grand moment d'entraide réchauffe les cœurs refroidis par les abandons et les désillusions de la vie.
Cet acte manqué aurait pu se dérouler au moment de son retour, de façon consciente cette fois-ci. Elle aurait pu déposer l'anneau sur la table de chevet de son mari et ne plus y toucher, rendant ainsi l'alliance et le pacte bafoué.
 C'est avec le cœur au bord des lèvres que Jeanne accepte d'abandonner après vingt-cinq minutes de recherche intensive. Elle sort du bain avec Monique et Juliette qui ont enquêté sur la probabilité de retrouver une alliance aspirée par un skimmer ou une bonde. La promesse d'un appel en cas de bonne nouvelle clôt cette mésaventure et elles repartent bien tristes.

Chapitre 16

Le déjeuner se déroule au restaurant à fond de verre, en lévitation au-dessus de l'eau. On peut observer de jeunes requins à tête noires ou encore des raies nageant sous les pieds.
Juliette et Monique expliquent leurs tribulations à Antoine, affectées pour Jeanne qui arrive la dernière.
Malgré ce spectacle incroyable, Jeanne reste impassible, abattue. Elle leur explique qu'elle est rentrée le cœur lourd à son bungalow, elle s'est assise sur la terrasse un moment se disant qu'il n'y avait pas de hasard, que tout cela était son destin. Le signe d'une vie ratée, faite de mensonges et d'hypocrisie. Au niveau symbolique, cette perte représente beaucoup de choses. Elle est partie de chez elle pour prendre la décision de quitter son mari, et c'est ici que le sort a décidé de perdre son alliance.
Au menu du jour, ce sera un plat de poisson fondant façon aigre-douce puis papaye en dessert, sauf pour Jeanne qui a opté pour une Garudiya, soupe de poisson et de riz au citron, avec oignon et piment, suivie de mangues juteuses, de quoi remonter un peu son moral en berne. Monique doublera son dessert d'un inconditionnel Tiramisu maison.
Le repas radoucit l'ambiance, Jeanne se détend peu à peu. L'humour d'Antoine l'aide à oublier et à prendre du recul face à cette nouvelle contrariété, qu'elle finit par prendre comme le signal du début de sa nouvelle vie, comme un nouveau dé-

part qui s'offre à elle, pour se délier de cette histoire douloureuse d'infidélité. À la fin du déjeuner, ils se promettent de se retrouver plus tard dans l'après-midi, au test de natation.

Vers 15h00, ils se retrouvent sur le ponton, où de nombreux vacanciers sont déjà installés en rang d'oignons. Un des moniteurs prend la parole sur un ton militaire.

« Bonjour à tous, vous vous êtes tous inscrits au snorkeling, pour ceux qui ne le savent pas encore, il s'agit d'aller sur un récif au large pour admirer la faune et la flore sous-marine en nageant, équipé d'un masque et d'un tuba. Il est indispensable que vous sachiez nager. On va vous demander de passer les uns après les autres, ceci n'est pas une course mais un test de vérification. Vous plongez dans la fosse et vous allez jusqu'au repère situé à cinquante mètres. Arnaud sera là pour vous aider si vous avez besoin, puis vous remontez. Ceux qui ne réussissent pas l'épreuve ne pourront pas participer à la sortie. C'est une question de sécurité. Est-ce que c'est bien clair pour tout le monde ? »

Juliette manquant de se mettre au garde à vous, entend ses voisins dire qu'il y a des méduses. Un touriste se serait fait piquer la semaine dernière et serait allé à l'infirmerie le ventre recouvert de rougeurs. Le stress monte. La fosse servant aussi pour les baptêmes de plongée est sombre, l'eau couleur encre, presque noire.

Le manque de tact d'Antoine leur rappelle les immenses poissons qu'il a croisés hier lorsqu'il a voulu aller nager, des poissons avec une bouche énorme qui devaient faire au moins deux mètres de long, grisâtres mais placides, tel un bus qui passe.

« Tu sais mettre les gens à l'aise, Antoine !

– Non mais Juliette, t'inquiète pas ils ne sont pas méchants, juste impressionnants !

– Tu n'as jamais peur de rien toi ! »
Les quatre amis voient des touristes plonger à tour de rôle. Le premier saute pourtant les pieds vers le bas mais parvient à retomber sur le ventre et demande à remonter sur le champ. Le second, encouragé par ses copains, ne parvient pas à sauter et fait demi-tour. Le troisième saute, commence à nager quelques brasses puis se débat, un nuage d'éclaboussures le recouvre, il disparaît de temps en temps pour boire la tasse. Arnaud plonge immédiatement à l'eau, il est sain et sauf. Une femme réussit enfin à arriver jusqu'au repère et se hisse sur le ponton avec un peu d'aide. Son test est validé ainsi que celui de l'homme qui lui succède.

C'est au tour de Jeanne de se lancer, elle semble n'avoir peur de rien, elle plonge en avant, entame un crawl jusqu'au repère et monte toute seule l'échelle. Juliette s'y reprend à deux fois pour se lancer, et dit adieu à tout le monde en sautant le nez bouché. Lorsqu'elle remonte, un amas de cheveux lui recouvre le visage. Elle entame ensuite une brasse jusqu'au ponton.

Monique au grand étonnement de tout le monde, plonge et nage brillamment, puis rejoint l'échelle sans encombre.

Antoine fait un plat monumental en tentant d'épater l'auditoire, mais rejoint les autres en rattrapant sa prestation avec un superbe crawl, remerciant sa maîtresse de CE1 de l'avoir amené à la piscine chaque vendredi.

Ils ont tous les quatre passé le test avec succès et s'enlacent tels les membres d'une équipe de foot en pleine victoire.

Ils vont tous fêter ça ensemble ce soir !

Chapitre 17

Jeanne attend patiemment dans sa chambre.
Soudain, elle entend des pas résonner sur le ponton, qui semblent s'approcher.
On frappe.
Jeanne ouvre la porte d'une main hésitante.
Juliette est là, fidèle à la promesse qu'elle lui a faite, porteuse d'espoir, l'espoir d'une nouvelle version d'elle-même, un remake. Des liens se tissant, Jeanne réalise qu'elle peut accorder sa confiance à Juliette. Celle-ci va l'aider à se préparer pour ce soir et pour le premier jour de sa nouvelle vie.
Jeanne y a déjà songé à plusieurs reprises, mais n'a jamais osé. Elle porte depuis des années les cheveux mi-longs, châtains méchés caramels depuis que des cheveux blancs se sont invités dans sa chevelure. Jeanne lui accorde la faveur de les lui couper au carré et de les lui teindre en roux.
C'est beau des cheveux roux.
Juliette s'exécute méthodiquement, son CAP n'est pas si loin finalement. Jeanne ressent le professionnalisme dans les gestes assurés de Juliette. Celle-ci se remémore son école d'apprentissage.
Ses parents adoptifs l'ont encouragée à poursuivre dans cette voie qu'elle a initialement choisie, pour qu'elle devienne une femme épanouie et non brimée par des choix qui ne lui appartiendraient pas. Elle a pourtant tenté d'exercer dans un salon de coiffure, en vain. Son caractère indépendant à qui

on ne donne pas d'ordre, l'a emporté. Elle a claqué la porte le jour de trop. Elle est partie avec l'envie inavouée d'ouvrir son propre salon, si elle trouvait du courage et des finances. Très vite, elle ne s'est pas sentie à la hauteur du challenge, elle a très vite fermé la parenthèse.

Juliette débute par le shampooing, puis passe à la coupe, et Jeanne à la confidence.

« J'ai besoin de changement, d'être enfin moi-même. J'ai d'abord été la fille modèle de mes parents, qui se doit d'être polie, instruite, sérieuse et diplômée. Puis la bonne épouse, le faire-valoir de mon mari, son trophée. L'entreprise de mon père était très convoitée, et n'ayant pas de frère, c'est à mon mari que mon père a cédé la place. D'autres l'auraient voulue, mon père aurait pu la revendre à prix d'or, mais il a tenu à la transmettre. Si je veux être honnête, je dois lui reconnaître cela. Reprendre cette société a été la plus grande fierté de mon mari. Avoir du pouvoir, de l'argent, pouvoir voyager partout dans le monde, pendant que sa bonne épouse assure l'intendance. Marchant sur les traces de ma mère, je suis passée du statut « fille de » à « femme de », dans l'ombre. Je l'ai toujours fait passer avant moi, j'ai répondu aux moindres de ses desiderata sans broncher. Ces derniers temps, il se cachait dans les toilettes pour lire ses SMS, ce qu'il n'avait jamais fait jusque-là. Je n'ai pas compris tout de suite. Puis je me suis mise à douter de lui. Certains gestes l'ont trahi. Des changements imperceptibles pour certains, mais pas pour moi. Des choses banales de la routine du quotidien ont changé. Il n'était pas comme d'habitude. Nous avons été si fusionnels que je connais sa manière de penser, d'analyser les choses. Nous étions arrivés à un stade où il suffisait d'un regard pour comprendre ce à quoi pensait l'autre. À partir de cette période, la fusion est arrivée à bout de souffle, son regard était ailleurs, ses pensées, que je pouvais percevoir jusque-là, étaient comme brouillées. Mes repères ont changé. Un soir j'ai lu un message sur son téléphone qu'il n'avait pas verrouillé, « Rendez-vous à l'hôtel La lanterne, ce soir à 18h30 ». Je ne lui ai rien avoué de ce que je venais de lire, j'ai posé son téléphone à la même place et j'ai esquissé un sourire forcé qu'il n'a pas remarqué lorsqu'il est sorti de la salle de bain. Ce même soir je me souviens, il est rentré tard et empestait l'alcool. Il ne m'a pas adressé la parole et il est parti prendre une nouvelle douche, directement. J'ai été anéantie par le malheur qui s'abattait sur moi. J'ai réfléchi de longues heures, ne sachant pas comment aborder le sujet avec lui. De nombreuses questions m'ont traversé l'esprit. Où aller ? Comment partir ? J'ai passé des nuits blanches à ressasser et des journées à pleurer. À aucun moment je n'ai voulu l'affronter, le mettre face à ses mensonges par peur qu'il en invente d'autres pour s'expliquer. Je le vois maintenant différemment et je suis étonnée que quelqu'un puisse changer aussi rapidement. Je n'ai rien vu venir. Mon désarroi a été immense. Je me suis tue pendant de longues semaines et je l'ai observé. J'ai continué à assurer le quotidien, mais souvent je me recouchais sitôt la maison vide. Cette maison que j'adore est devenue un poids, je ne peux plus voir ces murs, sentir son odeur, l'odeur du mensonge. Il m'a appelée à plusieurs reprises, pour me prévenir qu'il allait finir tard, qu'il ne fallait pas l'attendre pour dîner. Je l'ai maudit. Je me suis retrouvée seule avec mon assiette sur le comptoir de la cuisine, avec comme seule compagnie un verre de vin. Un jour, je suis allée chercher une bonne bouteille de vin à la cave. J'ai bu en son honneur une bouteille de vingt-cinq ans d'âge, l'âge de sa maîtresse. La tristesse et le vide sont entrés dans ma vie. C'est lorsque j'ai été au « tri sélectif » que j'ai compté le nombre de bouteilles de vin bues, j'ai entendu leur verre se briser, j'ai stoppé net pour ne pas finir comme elles. Je me suis reprise en main et j'ai alors franchi la porte de l'agence de voyage.

Jeanne marque une pause.

Mais je dois t'embêter avec toutes mes histoires, toi qui es si jeune, tu ne devrais pas entendre parler de ces choses-là, tu as la vie devant toi ! »

Juliette balaie d'un sourire sa question, et poursuit par la coloration qu'elle a trouvée, par chance, à la boutique. Elle la laisse poser quelques minutes. Elle s'active ensuite derrière son sèche-cheveux et termine par un brushing.

Jeanne se lève et se dirige vers son dressing. Elle s'admire dans le miroir, apprivoise cette nouvelle coupe et cette couleur de cheveux audacieuse qu'elle aime.

Jeanne est méconnaissable.

Le changement s'opère.

« Je sors enfin de la peau de celle qu'on m'a toujours demandée d'être. Merci Juliette, dit-elle en se retournant et en la regardant sincèrement dans les yeux. »

Chapitre 18

Monique attend qu'Henri la rejoigne à la soirée. Elle se demande si dans cet accoutrement il va réussir à la reconnaître. Juliette reste jolie malgré sa perruque frisée blonde, des lunettes orange à cadre épais très années soixante-dix et une robe longue à fleurs, hippie chic. Antoine a pu trouver avec l'aide d'Églantine, un costume pattes d'éléphant en velours marron, et porte, aussi élégamment que possible, une très grosse moustache comme « Magnum ».
Jeanne est restée naturelle avec sa nouvelle coupe rousse, elle arbore une jolie robe à grosses fleurs multicolores.
Quant à Monique, elle a pris ce qu'il restait, une mini-jupe forme trapèze comme on en voyait dans les années soixante-dix, des bottines en cuir blanches, sa perruque est brune avec une frange ce qui change radicalement de ses longs cheveux châtains habituellement tressés.
Devant le Sunset bar, ils découvrent une file d'attente dont la longueur les décourage déjà. Antoine saisit alors son téléphone et recherche sur internet le nom du directeur.
« Venez les filles, suivez-moi !
Elles suivent Antoine, intriguées.
– Bonsoir monsieur, vous êtes nouveau n'est-ce pas ? Dit-il d'un air très sérieux. Julien Marque, le directeur de l'hôtel. Antoine lui tend la main. Je voudrais rentrer sans attendre, vous comprenez, je suis avec quelques amies.

Le jeune responsable André, interpelle son collègue Mathieu tout aussi inexpérimenté.
– C'est Julien Marque ! Dit-il à voix basse, intimidé.
– Bonsoir Monsieur Marque ! Venez, je vous en prie. Non Madame excusez-moi, laissez passer, Monsieur pardon, laissez passer Monsieur Marque. Voilà vous pouvez y aller Monsieur Marque, bonne soirée à vous !
Les filles rient aux éclats de tant d'audace, sur fond de musique entraînante. Antoine est accoudé aux dossiers du canapé entouré de Monique et Juliette. Il passe commande auprès de Mathieu pour des cocktails « soirée 70' » normalement payants.
– Tu nous sers un Paradise Dream pour Jeanne, un Jungle Green pour Juliette, un Carribean Sun pour Monique et un Koyo pour moi. Tout se passe bien ce soir Mathieu, pas de problème particulier avec la clientèle ? Enchaîne Antoine après avoir lu le prénom sur le badge.
– Non, Monsieur Marque.
– Oooh appelle moi Julien ! Mais viens t'asseoir avec nous que je te présente mes amies ! Qu'est-ce que je te sers ? Tiens André tu sers un Virgin Mojito à Mathieu s'il te plaît, tu seras mignon ! Ajoute Antoine, faisant un signe haut de la main.
Les filles rient de plus belle.
– Elles sont charmantes n'est-ce pas ? »
Juliette apprécie la présence d'Antoine enjoué, imprévisible mais dans le bon sens du terme. Elle aime sa spontanéité, son humour.
Leurs regards se croisent par moments.
Juliette ne sait pas si c'est le fruit du hasard ou au contraire s'il la cherche du regard. Elle éloigne aussi vite qu'elle est venue cette idée de son esprit. Son cœur est déjà pris, se dit-elle.

Monique s'impatiente, Henri tarde à arriver. Elle l'a rencontré au bord de la piscine tout à l'heure, il travaille en cuisine sur l'île. C'est lui qui est venu l'aborder. La discussion est restée neutre, faite de remarques sans grande importance, rien de profond. C'est lui qui a mené la conversation, elle s'est contentée de répondre de manière laconique, mais Monique ne s'en est même pas rendu compte. Il lui a fait bonne impression. Elle s'estime heureuse que quelqu'un s'intéresse à elle, elle en est là dans son rapport aux autres. Il lui a dit qu'il passerait après le service, alors elle l'attend. Elle se demande quels sujets ils pourraient aborder, elle n'est pas à l'aise avec ces choses-là. Entretenir une conversation n'est pas une évidence pour elle.
Juliette observe les gestes de Monique, trahissant sa hâte, et la taquine gentiment.
« Monique, il est où Brad ?
– Henri, son nom est Henri ! S'agace Monique qui replonge dans ses pensées.
Pendant ce temps, Antoine dévisage Juliette. Malgré son accoutrement années soixante-dix, il perçoit la beauté de ses yeux, la finesse de ses traits, il remarque surtout l'expressivité de son visage. Il se penche alors vers elle.
– Tu es très belle Juliette, lui murmure-t-il, alcool aidant. »
Juliette ne répond pas, mais l'a parfaitement entendu malgré la forte musique, son regard reste fixé sur la piste de danse. Elle esquisse un sourire. Elle boit une dernière gorgée de son cocktail avec sa paille, pose son verre et prend la main d'Antoine pour l'emmener danser sur *Dancing Queen* de ABBA.
Henri arrive enfin et fait rire Monique avec son déhanché, au son de la musique pop.
Dans chaque femme mature, dort une adolescente de quatorze ans voulant s'échapper. Jeanne se laisse aller à la danse,

remue les bras et fait glisser ses doigts en V le long de ses yeux au plus grand amusement de tout le monde, jusque tard dans la nuit.

La soirée est réussie.

Elle se termine à une heure matinale, sur la plage encore tiède, au doux son du clapotis de l'eau. La lune se reflète dans l'océan.

Juliette manque à l'appel.

« Quelle soirée mes amis ! Dit Antoine.

– Tu nous a bien fait rire Jeanne !

– Et ton déhanché Henri, mémorable ! Tu en as rendu jaloux plus d'un !

– J'aime beaucoup ce style de musique, chaque semaine je viens danser. En plus demain je suis de repos. Je vais pouvoir souffler un peu, on dirait pas de l'extérieur mais c'est plutôt intense, on a une seule journée de congé par semaine, je commence à 7h00 et parfois je termine à 2h00 du matin. Les nuits sont courtes mais c'est un boulot génial. Le seul problème, c'est que je ne vois pas beaucoup ma famille, ils sont en métropole. On peut rentrer tous les six mois mais le billet est cher, on doit le réserver à l'avance si on veut avoir des prix mais ça ne coïncide pas toujours avec les vacances scolaires de mes neveux. Alors, on se voit en visio mais c'est pas pareil.

– Et ta vie de couple ?

– C'est compliqué, répond laconiquement Henri.

– Tu sais tu ne perds rien, vu ce que ça donne au bout de trente ans de mariage ! Rétorque ironiquement Jeanne.

Alors que Monique est installée confortablement dans ses bras, le portable d'Henri sonne, il s'éloigne pour répondre puis revient. D'un air enjoué, il s'explique pensant être drôle :

– Oh c'était ma maîtresse, elle me harcèle pour que je passe la voir ! »

Les regards de Monique et de Jeanne se croisent, elles ne répondent rien.
Antoine baisse les yeux.
Le silence est de plomb brutalement.
« Non mais je plaisante, c'est mon chef qui me dit que je n'ai pas fermé la porte du local poubelle... Ceci dit, je pense à un truc, vous vous imaginez si chacun regardait dans le portable de l'autre, le nombre de divorces que ça ferait ? »

Chapitre 19

« Quoi mais j'ai dit quelque chose qu'il ne fallait pas ? Mais pourquoi vous partez tous ? On était bien là ? Répond Henri incrédule, les mains écartées.
– Salut Henri, rentre bien, lui lance Monique déjà sur le départ.
– Ah mais tu t'en vas toi aussi ?
– Écoute je crois que tous les deux on est un peu pareil, on a deux pieds gauches, chacun à sa manière, tu vois, enfin surtout toi. »
Chacun rentre dans son bungalow en silence.
Jeanne, le cœur lourd, ne trouve pas le sommeil tout de suite, sa nuit est une fois de plus agitée. Elle déroule le film de sa vie, ce qu'elle a déjà fait un nombre incalculable de fois. Elle imagine son mari et cette femme blonde. Elle ne parvient pas à se sortir cette image ancrée dans son esprit, tatouée dans sa mémoire, comme une empreinte indélébile. Elle repense à son mariage jusque-là sans encombre, et ne comprend pas pourquoi ils en sont arrivés là.
Monique est déçue. Elle s'attendait à autre chose avec Henri, elle culpabilise de ne pas avoir su percer la lourdeur de sa mentalité. Sa grand-mère lui disait souvent de se fier à son instinct. Avec Henri, elle avait pourtant eu une bonne impression. Elle réalise, déroutée, que les relations humaines sont vraiment complexes ou alors elle ne sait pas s'y prendre.
Le lendemain, elle en parlera à Juliette.

Antoine, dans l'incompréhension, replonge dans le déroulement de la soirée et se demande où il a failli avec Juliette. Il s'installe sur sa terrasse, il a besoin de prendre l'air. Il sait qu'il ne trouvera pas le sommeil, pas dans cet état. Il a pourtant senti cette complicité naissante, il a vu son regard chercher le sien. Il y a des signes qui ne trompent pas. Après un instant de réflexion, il doute de ce qu'il a vu, de ce qu'il a interprété. Finalement, son ami Paul a sûrement raison en lui disant qu'il s'emballe trop vite. À vouloir vivre impatiemment une histoire sérieuse, il a peut-être tout simplement vu ce qu'il voulait voir. Une question le taraude, où Juliette a-t-elle passé le reste de sa soirée ? Ou plutôt avec qui ? Il ne l'a pas vue partir. Elle lui a pris la main pour l'emmener danser puis s'est volatilisée. Juliette est une belle femme, pétillante, qui a tout pour plaire. Les prétendants ne manquent pas. Il se demande s'il n'a pas été trop prétentieux de s'imaginer qu'une fille comme elle puisse s'intéresser à un homme comme lui. Il réalise qu'il enchaîne les déconvenues amoureuses, une série noire décidément.

Un peu plus tard dans la nuit, Juliette rentre de sa soirée animée qu'elle a passé à rire avec Le-blond-du-bar. Au moment où elle glisse sa clé dans la serrure de la porte, elle aperçoit un gecko agrippé au mur, à proximité de l'applique extérieure. Elle jette ses vêtements au sol et se prépare pour dormir. Elle s'assoie sur le lit, allume sa lampe de chevet, met son portable à charger et relève ses draps pour se coucher. L'oreiller se soulève, un papier est maintenant à découvert sur lequel elle peut lire : *La dernière démarche de la raison est de reconnaître qu'il y a une infinité de choses qui la surpassent. B. Pascal.*

Chapitre 20

Jeanne est bibliothécaire près de Bordeaux. Elle vit dans un petit village d'un millier d'âmes. Elle y a fait construire seule sa maison là où le foncier est rentré dans son budget. Rien d'extraordinaire mais elle est chez elle. Le travail n'est pas déplaisant, mais parfois ennuyeux. Elle s'entend avec ses collègues, c'est l'essentiel. Elle parcourt une soixantaine de kilomètres matin et soir pour remplir son frigidaire et régler l'emprunt qu'une banque à bien voulu lui concéder contre un taux relativement élevé. « Vous avez vu votre âge, Madame, vous faites maintenant partie des seniors, quelle garantie je peux avoir que vous rembourserez votre emprunt ? », lui avait répondu le premier banquier à qui elle avait claqué la porte au nez. Heureusement, la sœur du voisin de sa tante lui a promis de l'aider. Celle-ci a le mari de sa cousine qui travaille dans une banque dont la réputation n'est plus à faire. Il a bien monté son dossier qui a été accepté par le siège régional. Jeanne a un petit apport financier obtenu à l'issu de son divorce sur la vente de la maison familiale. Elle perçoit une prestation compensatoire à laquelle son ex-mari aurait bien voulu échapper mais il n'a rien pu faire, face à la persévérance de son avocat. En ouvrant la boîte aux lettres ce matin-là, elle découvre une lettre tamponnée du tribunal de grande instance. Son cœur se met à bondir dans sa poitrine. Ses doigts parviennent difficilement à déchirer le rabat de l'enveloppe. Cette lettre lui est bien destinée, elle le vérifie à deux reprises. Sa gorge se serre. Elle débute la lecture, douloureuse, qui au fil des phrases lui apprend que le tribunal donne gain de cause à son mari, ayant fait appel de la décision. Il lui réclame les sommes déjà versées, montant dont elle ne dispose plus puisqu'il lui a permis de financer son acquisition. Ses yeux ne parviennent pas à lire l'intégralité de la lettre, les mots deviennent flous, le sol tourne autour d'elle. On sonne à la porte, l'entrée lui semble impossible à atteindre, le couloir est un tapis roulant, ses jambes ne semblent plus fonctionner, tout est difficile, une femme aux cheveux longs et grisonnants lui fait face puis disparaît. Le jardin est devenu immense. Elle ne reconnaît plus sa maison qui s'éloigne de son champ de vision en tournoyant, elle est pieds nus dans un champ de maïs, un arbre est planté au milieu, au loin une voiture passe, elle entend le moteur. Elle s'éloigne. Des feuilles lui lacèrent les bras et le visage. Elle est perdue. Du sang coule de ses avant-bras. Elle tourne sur elle-même pour retrouver son chemin, elle ne retrouve aucune trace de son passage. Elle entend le vrombissement d'une voiture roulant à vive allure. Elle se dirige vers ce bruit qui devient de plus en plus fort. La voiture accélère lorsque le chauffeur aperçoit son visage. Une route apparaît sous ses pieds. Du sable roule sur le sol, le vent s'est levé. La route devient plus raide et le vent plus fort. Elle est en haut d'une dune, elle aperçoit l'océan agité en contre-bas. Des silhouettes semblent se tourner vers elle. Elle se met à courir pour demander de l'aide, le sol s'enfonce sous ses pieds, les personnes reculent à mesure qu'elle avance. Elle s'arrête, l'eau atteint ses chevilles et monte trop rapidement. Elle ne voit que la noirceur de l'océan immense. Elle a peur du courant qui la tire maintenant vers le large. Elle va se noyer.

Chapitre 21

JOUR 5

Vers 5 h00 du matin, le bruit agaçant d'un moustique réveille Juliette. Le travail a dû débuter un peu plus tôt dans la nuit, à en croire les démangeaisons disséminées sur son corps. La nuit a été courte. Elle peine à ouvrir les yeux, ressent un picotement à chaque clignement de paupière. Elle cherche à tâtons l'interrupteur de sa lampe de chevet, allume son téléphone qui affiche plusieurs messages en attente. Elle les ouvre les uns après les autres. Elle découvre celui de Mr Duprecq, son actuel propriétaire, qui la tire définitivement de son sommeil. Elle se redresse dans son lit et télécharge la pièce jointe qu'elle lit.

Madame,
Je vous rappelle par la présente que le contrat de bail que nous avons conclu le 17/02/2018 contient un rappel des dispositions de l'article 8 de la loi du 6 juillet 1989. En vertu de ce texte, il vous est interdit, sans mon autorisation écrite, de sous-louer une partie de votre logement. Or j'ai appris que vous avez consenti une sous-location à Monsieur et Madame Stutberck pendant la période estivale sans m'en informer. Compte tenu du fait que ce comportement constitue une violation grave de vos obligations, je suis contraint d'appliquer la clause qui prévoit que le contrat est résilié de

plein droit si vous ne le respectez pas. En conséquence, je vous mets en demeure de quitter mon logement sous 1 mois à compter de la date de réception de mon courrier. Dans le cas contraire, je serai contraint de solliciter le tribunal compétent pour prononcer votre expulsion.
Veuillez agréer l'expression de mes salutations distinguées.
Mr Duprecq.

Assommée de fatigue et d'ennuis, Juliette accuse le coup.
Jeanne se réveille sur un transat, les yeux plongés dans la douce lumière du matin. Ce n'était qu'un cauchemar. Elle est soulagée même s'il ne la laisse pas indemne, tout comme la migraine venue lui rendre encore visite ce matin.
Elle se dirige vers la salle du petit déjeuner pour prendre rapidement un café.
Elle croise Juliette bien plus matinale qu'à son habitude et de mauvaise humeur.
Juliette lui fait lire le mail pour qu'elle comprenne l'ampleur de l'affaire. Elle lui explique avoir emménagé dans un village proche de Saint-Jean-de-Luz où elle n'a pas pu trouver de logement rentrant dans son maigre budget. Sur un site de petites annonces en ligne, elle n'a trouvé qu'un deux pièces au troisième étage avec vue sur la voie ferrée en contre bas, longeant l'autoroute. Elle entend siffler les camions la nuit. Au cœur de l'hiver, elle a constaté l'humidité ambiante et a dû consentir à une douloureuse facture de chauffage. L'appartement présentait les stigmates d'une mauvaise isolation thermique à en voir le salpêtre invité sur les murs de sa chambre, sans parler de la vétusté électrique. Un jour son grille-pain a pris feu. Elle a alerté son propriétaire qui n'a rien voulu entendre. Pour lui, son grille-pain n'était pas aux normes. Un

copain électricien a souligné la chance d'avoir évité un incendie et une électrocution, en raison de l'absence de disjoncteur différentiel. Il a, dans un premier temps, essayé de la rassurer en rajoutant que « les travaux n'iraient pas chercher bien loin ». L'isolation thermique, le changement des huisseries et l'installation d'une VMC digne de ce nom allaient en revanche « coûter bonbon au proprio » a-t-il dit dans un style décalé, décrochant un sourire à Juliette malgré la mauvaise nouvelle. Le copain du copain lui a fait un devis. Le propriétaire a refusé de payer. Elle a insisté, il a négocié qu'elle ne règle pas le loyer à la hauteur des sommes avancées. Elle a accepté mais sans faire d'avenant officiel au contrat de location. Quelques mois plus tard, son propriétaire, dans une situation financière délicate, lui a réclamé les loyers non perçus en la menaçant. Prise au piège, elle a mis en ligne son logement sur un site de location saisonnière à la réputation bien assise. L'argent devait lui permettre de voir venir.

Hier elle a reçu un mail de mise en demeure de son propriétaire. Elle aurait dû lui demander son accord pour sous-louer son logement.

Ce courrier l'a déstabilisée. Elle panique de ne pas entrevoir d'issue à cette situation inextricable.

Elle a appris entre-temps que ce monsieur ne manque pas d'argent, et qu'il est bien connu pour sa pingrerie.

Jeanne, horrifiée par la situation, lui propose de prendre contact avec l'avocat intervenu dans les affaires de son mari. Juliette marque une pause.

Elle entend la proposition de Jeanne qui sonne comme une cloche qui retentit avant le coup de grâce, in extremis. Elle s'étonne que Jeanne, rencontrée depuis peu, s'implique spontanément dans sa vie. Elle remercie le destin de l'avoir mise sur son chemin, et accepte volontiers cette main tendue sans contrepartie. Jeanne s'exécute et tiendra informée Juliette de la réponse.

Monique récupère de sa soirée et de sa déception. Elle se réveille presque à l'heure du déjeuner. Elle rejoint Juliette à la piscine avec une idée en tête.

Juliette se relève de son transat, pose ses écouteurs, comprenant que Monique a besoin de parler. Elle entend la requête de Monique, soucieuse. Elle voudrait plaire et susciter plus d'intérêt, pas seulement sur le plan sentimental. Juliette tente, à sa manière, de lui expliquer qu'il ne s'agit pas de la même chose. Pour plaire, il existe une arme imparable : Se préoccuper de l'autre. D'une manière générale, les gens aiment parler d'eux-mêmes. En ayant décelé en eux un thème de prédilection, un thème qui leur est cher, il lui suffira ensuite d'enrichir la discussion d'un questionnement sincère. Juliette lui conseille ensuite d'aller aborder les gens ou de se laisser accoster sans avoir peur, sans être sur la défensive, en ayant un a priori neutre, une confiance mesurée sur ces personnes qu'elle ne connaît pas. Leur laisser le bénéfice du doute en plaçant le curseur au milieu de l'échelle de confiance. Elle s'étonne la première de lui expliquer cela, elle qui a du mal à l'accorder. Chaque rencontre peut être considérée comme une chance, à elle de la saisir. Elle verra par la suite où cela la mènera. Elle la met en garde qu'être sur la défensive ou trop s'affirmer, la positionnerait comme un adversaire. La rencontre risquerait alors de ne pas franchir la ligne des discours platoniques, et d'échouer. En revanche, pour susciter l'intérêt, elle doit davantage se livrer sur ce qu'elle est, prendre le risque de se mettre à découvert, parler d'elle.

Monique écoute et enregistre.

Tout lui semble tomber sous le sens mais elle doute de pouvoir y parvenir.

Ses parents hyper-protecteurs ne lui ont pas rendu la tâche facile. Épargnée de la cantine, des garderies du soir et des centres aérés, et fille unique qui plus est, elle a été ainsi privée de bon nombre d'interactions sociales qui lui auraient permis d'être plus à l'aise.

Ils ont voulu bien faire, elle le sait, elle ne leur en veut pas. Elle n'a pas peur des autres, mais il lui manque le mode d'emploi.

Chapitre 22

Le déjeuner se passe aujourd'hui sur la plage à l'heure espagnole, dans un brouhaha de rainettes criardes. Les récits de cette soirée, très animée pour chacun, s'entrechoquent au travers de phrases débitées, ne laissant aucune place au silence. Juliette saisit un morceau de papier au fond de la poche de son short. Elle montre le mot trouvé sous l'oreiller à Monique.
« Mais c'est qui Pascal ? Je le connais ?
– C'est Blaise Pascal, Monique ! Répond Juliette, amusée.
– Et toi Juliette tu étais où hier après la soirée ? Dit Antoine réclamant des comptes.
– Avec Roméo...
– Ah très drôle ! Tu aurais pu nous prévenir, on s'est inquiété pour toi.
– Mais tu vas pas me faire une crise de jalousie en plus ! On n'est pas marié toi et moi !
– Après ce qui s'est passé hier soir, je pensais qu'on était plus que de simples copains toi et moi.
– Tu te fais trop de film Antoine, et Agnès t'en fais quoi ? Je croyais que tu l'attendais ?
– Finalement c'est toi qui avais raison, Agnès m'a baratiné, elle ne sait pas ce qu'elle veut, elle n'avait pas de conf-call, elle n'avait pas prévu de me rejoindre aux Maldives, elle m'a pris pour un con ! C'est mon pote Paul qui l'a vue au bar Rouge avec Benoît. Benoît quoi ! Mon meilleur pote !

– Ton meilleur pote ! Répond Juliette choquée.
– Ils ont bien caché leur jeu tous les deux, et dire que c'est moi qui le lui ai présenté ! J'avais fait une soirée chez moi, on s'était un peu rapprochés avec Agnès. Je n'ai pas remarqué cette soirée-là, elle a passé du temps avec Benoît, c'est Paul qui l'a remarqué. Il m'a dit « Tu sais ce que c'est ton problème Antoine ? Tu veux que je te le dise ? C'est que tu t'emballes trop vite à chaque fois, tu fais trop vite confiance, tu vois des signes là où il n'y en a pas, sois moins naïf ! » Ça fait mal d'entendre ça, je ne lui en veux pas, je sais qu'il veut m'aider et surtout je sais que ce qu'il dit est vrai. Alors j'ai envoyé un message de rupture à Agnès, enfin si on peut dire, parce qu'on n'a jamais été vraiment ensemble elle et moi.
– Tu as eu raison, tu sais la vie est trop courte pour que tu coures après un amour impossible, lui assène Juliette, rassurée par ces révélations.
Antoine se fige, accablé par cette évidence qu'il a mis tant de temps à réaliser. En silence, il peine à terminer son plat de pâtes, perdu dans cette prise de conscience.
Monique revient du buffet les bras chargés, et fait rire tout le monde, à son plus grand étonnement.
– Vous devinerez jamais ce que j'ai trouvé en dessert !
– Attends laisse-nous deviner... Un tiramisu ? Fait Juliette amusée.
– Comment vous avez deviné ? Répond Monique en faisant la moue. »
À une heure où la sieste dans un hamac aurait été de rigueur, Monique marche d'un pas décidé. Elle rejoint ses amis, comme convenu avec eux. Elle arrive la première semble-t-il. Le moniteur teste sa motivation. Monique tient à participer à cette activité, accordant une confiance aveugle à ses amis

qui lui en ont vanté tous les mérites. Ils vont d'ailleurs la rejoindre d'une minute à l'autre, ils le lui ont dit en quittant la table du déjeuner.

« Oui bien sûr je veux le faire, ils m'ont dit que ça revitalise, rétorque Monique avec assurance.

– Oui ça revitalise mais ça vide aussi, l'appareil est très puissant.

– Ah très bien ! J'en ai besoin de ça aussi.

– Vous avez un bon équilibre d'ordinaire ?

– Oui je fais du paddle, affirme-t-elle avec fierté. »

Le moniteur esquisse un sourire, et l'invite à faire un essai. Elle s'assoit sur le bord du ponton, il lui installe l'engin au niveau des pieds. Après vérification des attaches, il lui demande maintenant de se redresser. L'engin démarre et propulse Monique dans les airs, à deux mètres au-dessus de l'eau. Elle écarquille les yeux, ne comprenant pas bien ce qui lui arrive. Elle cherche l'équilibre en écartant ses bras autour d'elle. Elle vole au-dessus de l'eau, puis s'écrase violemment sur la surface. Un bon plat qui fait bien mal. Elle s'arme de courage, repart de plus belle, et avance prudemment, par saccades.

Au bout de cinq minutes, elle commence à maîtriser l'engin, s'amuse à monter et descendre sans plonger, et découvre de nouvelles sensations, elle se sent libre comme l'air. Elle passe une bonne heure à se déplacer dans le lagon, à s'amuser. Elle jette des coups d'œil au ponton de temps à autre, inquiète de ne pas voir arriver ses amis. S'était-elle trompée dans l'heure au moment de la réservation ? Elle verra ça plus tard, pour le moment elle profite.

Une heure plus tard, elle descend de l'engin en remerciant chaleureusement Éric, elle connaît son prénom maintenant.

Soudain, elle repense aux conseils de Juliette, engage la conversation avec lui avec moins d'appréhension. Elle connaît tout de sa passion pour les sensations fortes. Elle s'applique à relancer la conversation. Éric, séduit, l'invite un soir à boire un verre. Elle ne pas dit non, mais se referme étonnamment. Elle le quitte alors et repart vers son bungalow.
Elle croise Juliette et Antoine à la plage, Juliette cheveux mouillés, Antoine rôtissant.
« On t'a cherchée partout Monique, t'étais où ?
– Comment ça j'étais où ? J'y étais, je vous ai attendus !
– Mais nous aussi on y était, on s'est inquiété de ne pas te voir. Jeanne t'a cherchée en cabine et Juliette est retournée à ton bungalow, elles ne t'ont pas trouvée.
– En cabine ? Quelle cabine ?
– La cabine de massage « foot fantaisie ».
– J'étais à l'espèce de machine avec les pieds. Monique cherche un moment le nom dans les tréfonds de sa mémoire, qui subitement lui revient.
– Au flyboard !
– Comment ?
– Au flyboard, avec Éric ! Il est vraiment sympa et il explique bien.
– Toi, Monique, notre Monique t'as fait du flyboard ? T'es sérieuse ? Lui lance Juliette hébétée.
– Oui, même qu'il m'appelle « ma Bélouga » !

Chapitre 23

Antoine et les filles se rendent au Sunset bar regorgeant déjà de monde. André, le responsable de l'accueil, s'approche d'Antoine.
« Bonsoir Monsieur Marque ! Venez que je vous fasse rentrer vous et vos amies ! »
Antoine part s'installer avec Monique, Jeanne et Juliette, en passant une nouvelle fois devant tout le monde. Il s'assoit sur la banquette face au coucher de soleil et commande des cocktails à Mathieu.
« Au fait Monsieur Marque, il faudrait que je vous voie pour le contrat, je pense qu'il y a une erreur sur la durée du CDD, lui demande Mathieu embarrassé.
– Oui, pas de problème, passe dans mon bureau, mais pas demain j'ai du boulot ! Lui répond Antoine, sûr de lui. »
En attendant, à l'accueil, le vrai directeur Monsieur Marque négocie sans relâche pour rentrer au Sunset accompagné de Cynthia, la prof de fitness.
« Non, écoutez Monsieur, vous devez vous mettre dans la file comme tout le monde, je comprends que vous soyez pressé, fatigué de votre journée de plage... Mais il y a des règles de courtoisie à respecter, vous comprenez ? Mathieu vient à la rescousse d'André.
– Bon elle est très marrante votre blague de vous faire passer pour le directeur, mais il est déjà rentré, alors vous écoutez mon collègue, d'accord ? Vous vous mettez dans la queue

comme tout le monde ! Répond André agacé de ce manque de savoir-vivre. Le ton monte, le chef de salle les rejoint.

– Mais vous faites quoi là les gars ?

– Il dit qu'il est le directeur, il veut passer devant tout le monde, on lui a dit de faire la queue !

– Mais c'est LE DIRECTEUR ! s'exclame le chef.

– Lui c'est le directeur, mais alors l'autre c'est qui ? Dit Mathieu médusé.

– Qui ça ? Lui là-bas ? Fait le directeur suspendu à ses lèvres. »

Une heure plus tard, Julien Marque en personne arrive en direction d'Antoine.

« Bonsoir, enchanté, Julien Marque, LE directeur, je voulais te dire, pour l'addition je la mettrai sur ta note ! Allez, passe une bonne soirée Julien ! Rétorque le directeur en tapotant gentiment sur l'épaule d'Antoine qui, démasqué, s'enfonce dans le canapé, assommé par la honte. »

Antoine et les filles quittent le Sunset par la plage en riant de ce moment qui restera longtemps gravé dans leur mémoire.

Antoine et Monique aperçoivent un héron gris posé tout au bout du ponton et veulent s'en approcher.

Juliette et Jeanne marchent les pieds dans l'eau au clair de lune.

Jeanne repense à son mari, aux problèmes pourtant laissés derrière elle, mais qu'elle ressasse sans trouver d'échappatoire.

« Un jour, je me suis dirigée vers son bureau, j'ai ouvert la porte doucement et je suis rentrée comme on rentre dans un lieu interdit. Je me suis vue tout dévaster, déchirer ses papiers, briser la baie vitrée avec ses clubs de golf, qu'il

m'énerve avec ses clubs de golf ! J'ai voulu renverser son bureau et y mettre le feu, mais la dignité m'en a empêchée, Jeanne s'arrête de marcher et s'assoit.
Je suis restée là, immobile, dans l'entrebâillement de la porte. Tout dans cette pièce m'est étranger. Tout comme lui. Je vis avec quelqu'un que je ne connais pas. Il s'enferme parfois des journées entières sans que je sache ce qu'il y fait vraiment. Je l'entends parfois téléphoner, jamais d'éclats de voix, juste des bribes de conversations, des murmures. Depuis toutes ces années, je vis avec un parfait inconnu.
Jeanne se tourne vers Juliette et lui touche du revers de sa main son avant-bras. Elle s'étonne de ce geste familier.
De cette pièce au papier peint désuet, un papier peint moche comme on n'en fait plus, émane une odeur de renfermé. Il a un bureau en noyer qui fait face à la baie vitrée. On aperçoit l'albizia au fond du jardin et la pelouse honteusement verte, parce qu'il a voulu faire installer un arrosage automatique ! Bref, je me suis assise dans son fauteuil. Les accoudoirs le rendent presque confortable, le cuir est craquelé par endroit. Je me suis installée à sa place, la peur qu'il rentre m'a traversée. Je n'ai pas tout de suite osé toucher à ses affaires. Un bruit m'a fait sursauter, mon corps tout entier s'est mis à trembler de peur qu'il ne me découvre ici, mais ce n'était que le chat qui grattait à la porte. Des livres, des dossiers, des classeurs occupent plusieurs rangées de la bibliothèque recouvrant tout un pan de mur. Il doit y avoir une cinquantaine de dossiers au total. Chaque dossier a une couleur différente et est étiqueté, il classe méticuleusement tous ses papiers. Tout semble en ordre, net.
Jeanne cherche du regard Juliette.
Pourtant, un dossier sans nom a attiré mon regard, il était tout en haut. J'ai essayé de l'attraper sur la pointe des pieds

mais je ne suis parvenue qu'à le toucher du bout des doigts. J'ai saisi un tabouret sur lequel était posé une sacoche en cuir et j'ai grimpé dessus. J'ai ouvert les rabats élastiques et j'ai vu toutes sortes de documents au nom de mon mari, je n'ai pas compris de quoi il s'agissait, en tout cas ils n'avaient rien à voir avec la société. J'ai entendu la porte d'entrée claquer. Mon sang n'a fait qu'un tour. J'ai imaginé mon mari déposer ses clés, ôter ses chaussures, se diriger directement vers son bureau comme il le fait chaque soir, et me demander des explications. Il ne me restait que peu de temps pour sortir du bureau sans être vue. Sa colère risquait d'être immense.
Mon menton s'est mis à trembler légèrement.
Je me suis souvenue du jour où mon père avait hurlé dans la cuisine, moi, encore petite, je me tenais derrière lui. J'avais assisté à toute la scène, il l'avait secouée violemment et plaquée contre le mur. Les marques aux épaules étaient restées visibles une dizaine de jours, elle avait dû les recouvrir pour échapper aux regards inquisiteurs des voisins.
Dans la précipitation, j'ai fait tomber la sacoche de laquelle sont tombées des clés. Trois exactement. Je suis sortie du bureau comme on sort d'un fourgon clandestin. Mes mains tremblantes, mes yeux remplis d'inquiétude. J'ai aperçu Claudine, notre dame de maison, qui venait d'arriver.
Juliette l'écoute, silencieuse.
Jeanne marque un temps d'arrêt.
Quelques instants plus tard, Juliette s'interroge.
– Mais pourquoi tu es venue ici finalement, dans un hôtel pour célibataires ?
– J'avais besoin de faire le point, de me ressourcer loin des couples et des familles dont le bonheur m'aurait éclaboussée de regret. Ils m'auraient renvoyée à ma réalité, ma souffrance.

Une nuit, j'ai imaginé ma vie comme un arbre qui a grandi au fil des rencontres, de l'expérience, des fruits en sont tombés les uns après les autres, tels des illusions se brisant en percutant le sol. Aujourd'hui le fruit est putréfié.
Tu sais Jeanne, toi, tu as de la chance, tu as réussi à construire un arbre. Le mien pousse avec un tronc frêle et des racines tellement superficielles qu'il ne résistera pas à une seule tempête. »

Chapitre 24

Juliette allume son enceinte. Simple fait du hasard, elle diffuse une chanson *Comment est ta peine...* de Benjamin Biolay, une chanson triste sur l'absence, accompagnant Jeanne qui s'éloigne pour évacuer son chagrin au soleil couchant.
Je-ne-sais-plus-son-nom s'approche de Juliette. Elle garde les yeux rivés sur son téléphone. Il entame la conversation avec une assurance agaçante. Juliette prend alors une voix de répondeur.
« Alors tu as repensé à notre discussion ?
– Vaguement.
– Tu viens demain à la sortie snorkeling ?
– Je suis inscrite.
– On se verra alors ? Lui dit Je-ne-sais-plus-son-nom les yeux déjà remplis d'espoir.
– Peut-être, le bateau est grand.
– J'ai envie de te revoir.
– Ah.
– ...
– C'est toi qui m'écris des mots doux ? Lui répond Juliette anesthésiée, presque indifférente. Je-ne-sais-plus-son-nom s'approche, s'assoit tout près d'elle et cherche à attraper son regard.
– Non mais j'ai mieux que ça à t'offrir. Je sens qu'il y a un truc qui se passe entre nous, non tu trouves pas ? C'est pas de la drague, c'est sincère.

– Et ?
– Tu es rayonnante comme fille, j'ai jamais ressenti ça pour personne. Tu vois maintenant je recherche une histoire sérieuse, je veux rencontrer la bonne personne, parce que pour les histoires sans lendemain, tu vois, j'ai ma secrétaire. Juliette se raidit brutalement, indignée devant tant de mépris.
– Tu vois, là je vais te laisser, répond Juliette éteignant son portable et se levant.
– A demain j'espère ! En tous cas je t'attendrai, affirme Je-ne-sais-plus-son-nom obstiné.
– Non, oublie-moi ! »
Antoine délaisse poliment une jeune femme abordée quelques instants plus tôt au bar, pour rejoindre Juliette qu'il aperçoit rentrer d'un pas décidé à son bungalow.
« C'est toi que je cherchais, lui dit-il en marchant à ses côtés.
– Mais vous vous êtes donnés le mot ce soir ?
Antoine la stoppe dans son élan, et plonge ses yeux dans les siens.
– Sérieusement, c'est toi que je cherchais depuis toutes ces années, je préfère te le dire avant que ce soit trop tard Juliette.
– Ah ! On peut dire que tu ne passes pas par quatre chemins, tu as peur de dormir tout seul ce soir ? Tu veux que je vienne te border ? Répond Juliette sur un ton ironique, à l'arrêt, faisant face à Antoine. En une fraction de seconde, elle ressent un sentiment étrange et agréable quand il s'approche d'elle.
– Je t'offre un verre ?
– Oh merci grand chevalier ! Tu as le cœur sur la main ! Rétorque Juliette amusée, se laissant prendre au jeu.
– Tu m'en remets deux ! Dit Antoine en faisant signe au serveur, en arrivant au bar.

– Tu as des nouvelles d'Agnès ? Ce prénom a du mal à passer dans la gorge de Juliette, un peu comme boire un jus de pamplemousse un jour d'angine, mais elle veut savoir.
– Non je crois que c'est terminé avec elle, de toute façon notre histoire n'a jamais débuté. Je ne l'aimais pas vraiment dans le fond, je crois que je me suis accroché à elle faute d'avoir rencontré la bonne personne, dans un moment désespéré.
En revanche, je sens comme une évidence entre nous.
Bon, je vais pas te faire le vieux plan drague où l'on dit « j'adore ton rire, j'ai envie de passer du temps avec toi… », parce que tu ne vas pas me croire. Alors je ne dis rien, je préfère espérer que tu le comprennes par toi-même. »
Juliette reste muette, émue par sa sincérité.
Il lui laisse entrevoir une possible relation qu'elle éloigne promptement de son esprit, ne pouvant se résoudre à croire à un avenir possible à deux.
Elle hésite.
Le silence se fait, ils se regardent un long moment.
Elle aperçoit une fossette sur sa joue droite qu'elle n'avait pas remarquée jusque-là.
Antoine remarque une mèche de cheveux se détachant de son chignon. Rapidement, il a su que c'était elle, mais il le garde pour lui.
Juliette se laisse bercer par la délicatesse du moment, saisissant machinalement son verre. Elle lui sourit.
Ils se quittent dans la douceur de cette soirée qui ne laisse pas de marbre Antoine espérant davantage. Il passerait des heures avec elle.

C'est sur la terrasse de Monique que la soirée de Juliette se termine.
« Je n'arrive pas à lire mes messages, Juliette.

– Mais il est éteint ton téléphone Monique ! C'est quoi ce téléphone ? Tu n'as pas un smartphone !
– Non c'est quoi ?
– Tu ne sais pas ce qu'est un smartphone ? C'est un téléphone qui prend des photos, où tu as des applis, tu peux envoyer des smileys, des emojis... »

Monique écoute abasourdie et fait le constat du retard accumulé depuis toutes ces années. Découvrant que la nouvelle technologie n'a pas su franchir le seuil de la porte de la maison parentale. Son père voit d'un mauvais œil les nouveautés, se refusant de vivre avec son temps, il préfère rester dans la tranquillité de ses habitudes. Seule la télévision a pu rentrer dans leur salon. Il s'est résolu à offrir à Monique un téléphone lorsque l'idée d'un voyage a mûri. Il est rentré dans une boutique de téléphonie, et après trente minutes d'attente laborieuse, un conseiller lui a présenté la gamme. Le père lui a répondu, agacé, « qu'il était hors de question de laisser une paye dans un téléphone qui ne fonctionnera de toute façon plus, une fois la date de l'obsolescence programmée atteinte ! On ne me la fait pas à moi ! » Il a terminé par « donnez-moi le moins cher ». Le vendeur, surpris et irrité, le lui a rapporté de la réserve. Le père de Monique a entériné son choix devant le prix défiant toute concurrence et la note de quatre étoiles pour la solidité, peu importe l'unique étoile pour la performance.

« Pour allumer ton téléphone Monique, tu dois appuyer sur le côté et rentrer ton code pin, mais je pense qu'il n'a plus de batterie. »

Monique va prendre son chargeur et s'exécute.

Le téléphone s'allume enfin.

« Attends, je vais t'envoyer un message, comme ça tu auras mon numéro.

Monique clique plusieurs fois sur son téléphone, et lit le SMS envoyé.
– Mais c'est quoi ce carré Juliette ?
– Quel carré ? Je t'ai envoyé un smiley.
Juliette rit aux éclats lorsqu'elle aperçoit un carré à la fin de son message.
– Je t'envoie des smileys et toi tu reçois des carrés ! Mais c'est quoi ce téléphone ! Une antiquité ?
Juliette se lamente la tête entre ses mains.
– Je suis dans la quatrième dimension ce soir !
– Regarde il s'est éteint.
Monique tente de le rallumer, mais le bloque après plusieurs tentatives infructueuses pour saisir son code pin.
– Tu l'as bloqué ! Tu vas devoir appeler ton opérateur téléphonique, c'est encore ouvert en France, tiens, prends mon téléphone. »
Monique passe vingt bonnes minutes à tenter de démêler son histoire, à coup de *tapez 3...Tapez 5...Votre temps d'attente estimé est de treize minutes... Vous n'êtes pas au bon service, je vous transfère l'appel... Si j'ai bien compris votre problème, vous n'arrivez pas à téléphoner... Si j'ai bien compris votre problème, vous ne vous souvenez pas de votre code PIN...Un instant je regarde...Vous savez qu'en changeant de forfait vous pouvez avoir... .* Monique ne comprend pas la suite, on lui parle de Giga, de SMS illimités, d'offres tarifaires.
Monique reste muette.
Insupportée, Juliette saisit le téléphone pour lui venir en aide et parvient rapidement à régler le problème.
« Monique je t'annonce que dès demain tu vas avoir un smartphone. Avec les points que tu avais, ça ne va rien te coûter, tu peux aller le chercher à la boutique de l'hôtel dès demain, ils l'ont en stock. Bonne nuit Monique, à demain ! »

Monique, stupéfaite, la remercie pour son aide si précieuse et la salue.

Juliette quitte la terrasse dans la fraîcheur de cette soirée. Les yeux engourdis de sommeil, c'est en se glissant sous les draps, qu'elle entend le bruit d'un papier sous son oreiller. Elle allume sa lampe et lit :

Ferme les yeux, imagine un endroit merveilleux, rempli du parfum de roses, de pivoines, de lilas... fleurissant, c'est notre endroit et chaque nuit je t'y attends.
Fais de beaux rêves.

Chapitre 25

JOUR 6

Jeanne arrive ce matin, le cœur rempli de bonnes nouvelles pour Juliette. Cette dernière reste muette face à la lettre salvatrice écrite des mains expertes de l'avocat de Jeanne. Cette réponse lui offre un temps précieux, celui de pouvoir rester chez elle jusqu'à ce que son compte en banque lui permette d'envisager un déménagement. Jeanne transfère la pièce jointe à Juliette qui l'envoie à son tour à son propriétaire. Elle est soulagée de trouver enfin une issue à cette impasse.
Monique qui les a rejointes sur la plage est encore aux prises avec ses démons. Elle n'a jamais pris l'initiative d'aborder un homme, craint d'être inintéressante ou pire encore, que la discussion ne mène nulle part. Juliette tente de la rassurer à nouveau et lui rappelle la discussion qu'elles ont eue ensemble à ce sujet. Elle va même plus loin et la met en garde. Elle veut lui faire toucher du doigt qu'avant de vivre en couple, elle devrait d'abord envisager d'être indépendante. Dans un but altruiste, elle l'encourage à commencer par prendre son autonomie et la conserver pendant un temps. Rien ne l'empêche d'être en couple et de rester libre. Son bien-être ne doit pas passer par la présence de l'autre, ce doit être la cerise sur le gâteau. Monique apprécie que Juliette entrevoie en elle non seulement sa capacité à pouvoir aborder

un homme, mais en plus l'imagine avoir une relation avec quelqu'un.

Le vif du sujet est abordé à l'arrivée d'Antoine, chacun y va de ses conseils avisés en matière de séduction. Jeanne explique qu'étant jeune, elle abordait les hommes qui lui plaisaient en parlant de sujets d'actualités ou de politique. En riant, elle avoue à Juliette, doutant sur l'efficacité de cette technique, qu'effectivement, ça n'a jamais fonctionné, hormis pour déclencher des polémiques.

Monique se refuse d'être directe comme le propose Juliette, elle ne se sentirait pas à sa place et aurait peur de susciter un début de rencontre biaisé sur ses intentions.

« Et toi Antoine ?

– Je n'ai pas de techniques de drague, je les ai toutes à mes pieds ! Dit-il sûr de lui.

– Oh le prétentieux !

– Non mais il y a une technique imparable Monique, lui répond Antoine s'approchant d'elle. Un jour j'ai gardé le chien d'un copain parti en vacances, je devais le sortir matin et soir au parc en bas de chez moi. À chaque fois qu'une jolie jeune femme s'approchait, je lâchais sa laisse, et je lui disais, « Non Playboy ne va pas embêter les jolies filles ! », elles riaient et me disaient « Playboy ? Vous avez appelé votre chien Playboy ? », et je répondais, « Non pas du tout c'était juste pour vous faire rire ! » Et voilà la discussion avait démarré. Mais tu as un chien toi Monique ?

– Oui il s'appelle Robert, sourit Monique.

– Oh raison de plus pour essayer, tu n'auras même pas besoin de trouver un nom ridicule ! »

Le groupe rit aux éclats, l'ambiance est légère. La journée s'annonce belle et douce. Chacun se sent concerné par les soucis de l'autre, une solidarité est née de ces rencontres fortuites. L'entraide fait l'ancrage de leurs relations dans l'humour et la bienveillance. Chacun trouve sa place dans ce groupe à l'entente improbable dans la vie ordinaire.

De cette île d'où personne ne peut s'échapper, les personnalités se rencontrent au-delà de l'a priori du premier abord. Elle oblige à aller chercher qui se cache derrière le sourire de politesse et le discours plaqué. Les masques tombant, se révèle alors l'ossature émotionnelle faite d'introspection, de doutes, de souffrances, d'inquiétudes propres à chaque étape de la vie. Un moment de remise en question obligatoire pour franchir le palier suivant.

Un point les rassemble, l'indépendance. L'une ayant peur de la perdre, les autres de la prendre.

Seul Antoine se sent prêt, ayant surmonté sa déception avec Agnès.

Les animateurs les interrompent en leur proposant de jouer à « balance tes potes ! » directement sur la plage.

Plusieurs groupes se forment, en fonction des affinités nouvellement créées.

Antoine, Monique, Jeanne et Juliette restent ensemble.

« Bonjour, et bienvenue à tous dans le jeu du « balance tes potes ! ». Le jeu est simple, nous allons vous donner une boîte où vous allez balancer un de vos potes, anonymement. On va vous distribuer papier, stylo et on vous laisse cinq minutes. »

Tout le monde s'exécute.

Un premier groupe passe avant eux, des rires fusent.

C'est à leur tour.

« Je tire le premier papier : *Monique a dansé collée-serrée avec Henri pendant tout la soirée disco.*

– Ah non ! Je ne veux plus entendre parler de lui ! Répond Monique amusée.
– Deuxième papier : *Antoine a vidé un tube de crème dans le sac de Juliette.*
– Oh c'était toi ! J'ai mis une heure pour tout nettoyer.
– Non mais je vais t'expliquer, j'ai voulu m'asseoir, je n'ai pas vu ton sac, je me suis assis dessus, j'ai entendu un drôle de bruit, j'ai tout de suite compris. J'ai essayé d'enlever la crème mais il y en avait partout, je n'ai pas fait exprès, je me confonds en excuses MA Juliette !
– Ça ira pour cette fois !
– Troisième papier : *Jeanne a essayé de négocier un cocktail avec alcool contre une bonne note sur Tripadvisor.*
– Non tu n'as pas fait ça ! Oh ! Disent-ils tous scandalisés.
– Dernier papier : *Juliette a subtilisé le maillot de bain d'Antoine après l'histoire de la crème dans le sac.*
– Parce que tu savais que c'était moi Juliette pour la crème ? J'ai cherché mon maillot partout !
– I don't understand, lui répond Juliette amusée.
– C'est ça, et moi je ne comprends pas l'espagnol ! Fait Antoine en rigolant. »

Chapitre 26

Les cheveux de Juliette volent au vent sous l'effet de la vitesse du bateau, les emmenant à vingt milles de l'île. Le bruit du moteur hurle à rendre sourd.
« Ça correspond à combien de kilomètres, vingt milles ? Crie Monique à Juliette.
– Je n'en sais rien, demande à Wikipédia !
Antoine répond sans hésitation.
– Pour convertir les milles c'est très simple, il suffit de multiplier par deux puis de soustraire 10%.
La digestion ralentit les esprits.
C'est bon t'as compris Monique ?
– Non, tu peux pas faire plus simple Antoine ?
– Tu multiplies par 1,8.
– ...
– Nous allons à 36 km de l'île, autant vous dire que vous ne pourrez pas rentrer à la nage les filles ! »
Le bateau décélère.
Jeanne reste terrée dans le silence, pendant que l'enceinte de Juliette diffuse *Death bed* de Powfu, sa chanson préférée du moment, à la mélodie envoûtante.
Juliette aime les chansons tristes, elle les trouve poétiques. Elle a toujours aimé la musique, elle a grandi avec elle. Elle a un vieux tourne-disque qui diffuse ses meilleurs trente-trois tours, elle n'a jamais pu s'en séparer. La musique la transporte dans un ailleurs.

« C'est surtout une chanson sur un lit de mort, rétorque Antoine.
– Tu as vraiment l'art de casser l'ambiance Antoine ! C'est juste un mec qui se remémore son histoire d'amour perdue, et dans le clip il est allongé sur son lit, mais le morceau est vraiment magnifique ! Lui réplique Juliette agacée par sa critique. »

La musique envahit le bateau, emportant chaque personne dans les dédales de ses pensées.

Juliette a le cœur plus léger depuis qu'elle a trouvé une issue à son problème de logement, elle ne finira pas dehors. Elle se fait la promesse de ne plus se mettre en danger financièrement. Elle se rappelle avoir vidé son livret d'épargne pour s'offrir ce voyage, sous le coup d'une pulsion, une pulsion de vie. Elle a été très touchée par le récit de cette résidente qui avait perdu sa fille encore jeune. Elle a eu peur de passer à côté de sa vie. Elle a tellement soif de découvertes, de rencontres dont elle croit qu'elles combleront le manque affectif de ses parents, mais elle apprend à ses dépens qu'elle fait fausse route. Elle réalise qu'elle devrait être plus mesurée, moins impulsive dans ses actes. Mais elle ne regrette en rien ce voyage, enrichissant. Par ricochet elle fait le constat de sa vie chaotique, instable qui l'a conduite à changer fréquemment de travail, à déménager tous les six mois, ne se sentant bien nulle part et collectionnant les rencontres amoureuses sans lendemain. L'arbre a du mal à prendre racine. Elle rêve d'une vie plus stable mais doute de ses capacités à gérer les émotions qui l'envahissent parfois, et dont la seule échappatoire semble être la fuite. Elle pense à une amie devenue récemment mère de famille. Se l'avouant à moitié, elle voudrait de cette vie-là même si en surface elle renvoie l'image de celle qui se moque des conventions. Elle se ment à elle-même.

Avoir un enfant signifie l'engagement et la stabilité qu'elle n'a jamais expérimentés, et l'inconnu lui fait peur. S'engager est une prise de risque, celle d'être déçue. Ne pas s'engager et rester seule, est aussi une prise de risque, celle de passer à côté de l'amour marital et maternel. Le prix à payer de rester frivole. Elle se demande si l'on est vraiment libre sans s'engager. Elle réalise contre toute attente, que l'on peut être prisonnier de ses peurs. Les affronter sert ainsi à se libérer. Pour se rassurer, elle repense à Clément, sa dernière histoire sérieuse. Elle y était presque. Sa belle-mère trop intrusive les a éloignés, elle n'a pas su gérer et le regrette. Juliette lève les yeux vers l'océan, pose ses pieds sur le banc qui lui fait face et aperçoit Antoine de l'autre côté du bateau. Elle a remarqué qu'elle ne le laisse pas indifférent. Il semble sincère, mais Agnès, avec laquelle il devait venir ici, fait de l'ombre au tableau. Elle se pose la question de savoir si elle peut se fier aux apparences. Cette question reste en suspens.

Ils aperçoivent au loin trois personnes, vêtues de blanc, assises au fond du bateau. Un homme, le plus âgé, semble tenir quelque chose dans ses mains mais Juliette ne discerne pas distinctement l'objet. L'homme est accompagné de deux jeunes femmes d'une vingtaine d'années, l'air triste, et bien trop taciturne compte tenu de l'expérience fabuleuse qu'ils s'apprêtent tous à vivre. Vingt minutes après le départ du bateau, l'homme se lève, suivi des deux femmes. Ils s'approchent de la rambarde. La scène semble étrange, en décalage. Quelque chose s'est dit probablement dans une langue qu'elle ne connaît pas. Ils voient alors virevolter dans les airs de la poussière jetée par l'homme, qui disparaît en quelques secondes, volatilisée vers les cieux.

Les lunettes noires de Jeanne cachent les larmes qui embrument ses yeux.

Chapitre 27

Le bateau les dépose à une heure avancée de la journée sur une île déserte perdue dans l'immensité de l'océan. Ils sont au milieu de nulle part. La plage est vierge de toute marque de civilisation. C'est à la belle étoile qu'ils dîneront et dormiront. Les accompagnateurs bricolent une salle d'eau en plein air pour une expérience totalement authentique, pendant que les Crusoé d'un jour savourent la beauté du coucher de soleil.
Jeanne, Juliette, Monique et les autres lancent l'idée d'une baignade inopinée dans cette eau aux reflets veloutés du jour s'éteignant. Antoine n'est pas prêt, il est parti enfiler son maillot dans la cabine de douche. Il pose son slip de bain fraîchement acheté sur le rebord du paravent et commence à se déshabiller. C'est au moment précis où il ôte son t-shirt, qu'un énorme héron gris lui dérobe son maillot. Antoine, les yeux médusés, tente en vain de le rattraper.
« Non mais tu as vu ça Juliette ? Tu as vu ce que je viens de voir ! Un corbeau m'a volé mon slip ! Oiseau de malheur ! Crie Antoine qui sait pertinemment qu'il s'agit d'un héron.
– Non mais il n'y a pas de corbeau ici ! Ça t'apprendra à mettre des slips de bain ! Rit Juliette. »
Antoine part plonger tout penaud, en petite tenue improvisée. Pour sauver les apparences, il tente un crawl sous les yeux captivés de Juliette qui ne rate rien du spectacle.

Les hommes ramènent du petit bois sec de la forêt, Juliette allume le feu, elle y tient. Se souvenant d'un manuel de survie offert par Alice pour son dernier noël, elle s'active à faire rouler vivement un bâton contre un autre morceau de bois. Un début de crampe sa fait sentir dans ses bras menus. Au bout de quelques minutes, une fumée apparaît, saturée, suivie d'une étincelle. Elle souffle délicatement pour qu'elle devienne braise. Du bois est rajouté. Elle est fière de son exploit.
Le dîner se fait par nuit claire, à la lumière de la lune et de quelques bougies. Une grande nappe blanche décorée de fines rayures bleues marines jonche le sol, une malle en osier est posée à côté, d'où sortent toutes sortes de fruits et de légumes déjà préparés. Les couverts sont distribués, une bouteille de champagne posée dans son seau agrémente ce repas. Le poisson est à l'honneur, ainsi que de belles langoustes cuites au feu de bois. Un pique-nique version chic.
Antoine savoure, sans cesser de regarder Juliette.
Quelques sourires sont échangés.
Le brasier réchauffe les corps rafraîchis par cette nuit étoilée.
Après ce repas délicieux, le groupe s'installe dans des lits de fortune et se laisse bercer par le bruit des vagues.
Antoine et Juliette se retrouvent alors seuls, près du feu crépitant. Un frisson traverse le corps de Juliette, Antoine le perçoit et lui dépose sa veste sur ses épaules.
Elle sent son odeur pour la première fois, son cœur s'emballe.
Elle n'ose pas y croire.
« Juliette ?
– Oui.
– Tu fais quoi pour la Saint Valentin ?
La question d'Antoine prend Juliette de court.
Elle rit, amusée par son côté décalé.

– Tu veux parler de la Saint Valentin qui a lieu dans trois mois ?
– Oui.
– Je ne sais pas, qu'est-ce-que tu proposes ?
Antoine esquisse un large sourire, satisfait par la réponse.
– Qu'on l'avance, trois mois c'est beaucoup trop long ! »
Juliette rit de plus belle.
Antoine se lève alors, et saisit les quelques bougies disséminées sur la plage, pour les rapprocher d'eux.
Il lui verse une coupe de champagne et trinque avec elle.
Il tente de lui parler des étoiles mais ne repère ni l'étoile du berger, ni la grande ourse.
Juliette sourit, moqueuse, d'autant plus qu'elle lui avait coupé l'herbe sous le pied un instant plus tôt, en lui disant qu'il n'allait quand même pas lui faire « le coup de la grande ourse », ou pire lui dire que « son père n'était qu'un voleur parce qu'il a volé les étoiles pour les mettre dans ses yeux » !
Ils ne purent s'empêcher de rire, d'un rire fort et complice qui laisse entrevoir un avenir.
Antoine lui avoue aimer écrire des poèmes, il lui improvise alors quelques vers dictés par ses sentiments.

« Dans ce ciel, la lune brillante,
Se reflète dans ce miroir d'eau devenant étincelant.
Je sens au loin, le doux parfum de l'amour amené par le vent,
Ou alors serait-ce mon cœur le diffusant ?
Juliette, profite de cette nuit étoilée,
Si douce et si sucrée.
Vient d'apparaître dans mes yeux une lueur,
J'ose espérer qu'il s'agit de celle du bonheur. »

Juliette est émue.

Elle reste silencieuse, appréciant le moment présent.
Elle voudrait que le temps s'arrête, pour rester suspendue à ces mots assemblés pour elle.
Quelques instants plus tard, l'humidité de l'air se faisant sentir, un nouveau frisson traverse Juliette qui se résout à gagner son couchage.
En levant son oreiller, elle trouve un nouveau message qu'elle lit à la lumière de la lune. Elle comprend naturellement qu'Antoine est son messager mystérieux.
Et cette idée la réjouit.

L'amour est dans l'air,
Alors respire profondément et laisse-le te bercer.
Passe une bonne nuit.

Chapitre 28

JOUR 7

Vers 5h00 du matin, ils sont réveillés par l'humidité laissée par la marée montée sur leur campement. Les sacs de couchage, les oreillers, les sacs, les chaussures sont littéralement trempés. Des éclats de rires s'échappent, relativisant cette mésaventure sans grande importance. Le retour aux valeurs essentielles chasse la futilité des désagréments de la vie. Ils espèrent que cette légèreté d'esprit va se prolonger longtemps à leur retour et les protéger du côté irritant des imprévus du quotidien.

Le bateau les emmène l'estomac plein, à treize milles d'ici, puis décélère et s'arrête une nouvelle fois, au milieu de nulle part. Le silence se fait. Un vent léger soulève une petite houle océanique. On perçoit juste le son du vent et les quelques craquements du bateau. Un océan turquoise à perte de vue s'offre à eux. Ils s'équipent de palmes, de masque et de tuba, plongent dans l'eau chaude de cette carte postale.

Jeanne est dans l'eau. Elle flotte au-dessus d'un récif abritant une foule de poissons multicolores. Elle est suivie de près par Monique, Antoine et Juliette. Les autres plongeurs sont dispersés tout autour du bateau. C'est dans un monde feutré qu'ils nagent et savourent chaque instant, chaque rencontre. Ils observent les poissons évoluer seuls ou en bande, leurs couleurs, le corail et les formes extraordinaires de la flore sous-marine, un aquarium à ciel ouvert ! La houle, oscillante, berce les plongeurs émerveillés. Une tortue apparaît, elle semble flotter en longeant le récif qui descend en son bord de manière vertigineuse. Une girelle-reine arborant de longues lignes vertes partant des yeux et s'achevant dans un corps gris-vert à queue rouge, fait son apparition. Un peu plus loin une baliste-écharpe nage paisiblement, suivie de poissons-clowns. Puis à l'écart, revenant des profondeurs, une masse sombre aux contours flous troublés par l'eau, nage sans discontinuer et semble s'approcher. Après quelques secondes d'hésitation Juliette, figée, reconnaît un requin gris de deux mètres environ, à la course imperturbable.

Juliette, l'ayant aperçu la première, relève sa tête, crie, en agitant bras et jambes, elle nage aussi vite qu'elle peut, le courant est fort.

Elle est hors d'haleine, boit l'eau salée à trois reprises.

Personne ne réagit face au danger menaçant, elle est folle de rage.

Elle voit une silhouette qui semble être celle de Jeanne qui se met à nager plus rapidement, et qui disparaît derrière un nuage d'éclaboussures.

Un autre nageur la suit dans la précipitation, elle espère qu'il s'agit de Monique.

Prise de panique, elle se met à nager pour les rejoindre, se battant contre des moulins à vent, elle perd pied lorsqu'elle réalise que le bateau s'éloigne.

La voilà maintenant dans une zone où le courant est plus puissant.

Alors qu'elle perd de sa force et de son courage, elle est happée sous l'eau, elle voit le requin plus près maintenant, à une quinzaine de mètres d'elle.

Elle tente à nouveau de nager en direction du bateau rapetissé, autant qu'elle le peut.
Puis elle voit brutalement surgir Antoine derrière elle et plonger sur le côté, du sang est propagé dans l'eau. La tête d'Antoine disparaît sous l'eau.
Elle s'affole, horrifiée.
Elle tente de rejoindre le bateau loin devant elle, mais les vagues lui giflant maintenant le visage l'en empêchent.
Elle est submergée par l'idée qu'elle va mourir, elle voit sa vie défiler, sa famille d'accueil, ses copains, les graffitis sur son bureau de sixième, son accident de scooter après avoir fugué pour rejoindre Cédric, ses ex, Guillaume, Jeremy, Clément…, sa copine Alice, tout va très vite dans sa tête.
Elle pense avec fugacité et amertume qu'elle ne connaîtra jamais sa mère, son père, qu'elle ne se mariera jamais, qu'elle n'aura jamais d'enfant parce qu'au fond c'est ce qu'elle veut, fonder la famille qu'elle n'a jamais eue.
Sa peur l'en a empêchée.
Mais il est trop tard pour avoir des regrets.
Il est trop tard pour s'en rendre compte parce que sa vie va s'arrêter là, maintenant !
Elle crie encore plus fort, elle ne voit plus rien, ses yeux sont plein de larmes.
Elle ne voit pas Antoine.
Elle entend un bruit sourd venant du bateau dont elle ne parvient pas à s'approcher.
Quelqu'un hurle au loin, une voix féminine.
La houle et la distance l'empêchent de voir qui agite ses bras.
Elle n'entend des sons que par bribes.
Une douleur l'envahit.
Une crampe dans le mollet gauche la saisit.

Elle s'attrape la jambe pour l'étirer mais perd sa palme, sa seule chance de lutter contre le courant et de rejoindre le bateau.

Elle se met à pleurer, à hurler aussi fort qu'elle le peut, à mettre des coups de poings dans l'eau, elle est enragée, elle appelle Antoine qui a disparu.

Personne pour l'aider, la secourir.

Elle sent son corps partir à la dérive, pris dans ce courant si fort.

Le bateau s'éloigne encore.

Impossible maintenant de l'atteindre, elle appelle, sa voix plus affaiblie est bloquée par les vents contraires.

« La vie aura été injuste jusqu'au bout », se dit-elle découragée. L'épuisement se fait sentir, de nouvelles crampes gagnent ses bras, elle tremble de froid. Elle lutte contre la fatigue, change de position pour soulager ses muscles, d'autres se contractent douloureusement et faiblement.

La houle la ballotte de droite à gauche, elle ne perçoit plus les sons.

À bout de force, un voile noir apparaît devant ses yeux.

L'eau rentre en elle par salves.

Elle lâche prise, elle se dit que c'est la fin.

Le bateau s'éloigne et personne ne vient, elle est seule, elle est née seule, elle va mourir seule !

Chapitre 29

Juliette erre dans un monde bleuté, velouté, le silence est entrecoupé par une douce mélodie, elle reconnaît une berceuse. Quelqu'un lui saisit la main et l'amène plus loin devant. Elle suit cette personne au visage délicat et souriant. Sa présence l'apaise. Elle ne voit que du vide autour d'elle. Elles avancent tranquillement vers une lumière, son corps flotte dans les airs, elle marche mais ne sent pas ses jambes, sourit mais ne sent pas ses muscles se contracter. Elle se sent bien, détendue. Tout est fluide et vaporeux. Elle aime cette sensation d'apesanteur, voudrait qu'elle perdure. La musique se poursuit et la berce d'un côté puis de l'autre.
Sa tête tourne, elle entend un sifflement strident qui l'irrite et sent du vent sur son visage. Son estomac devient lourd. Une main lui caresse la tête, une autre lui enserre le torse, par saccades.
Elle voit le visage de cette femme maintenant, la musique s'accélère.
Elle sent son cœur battre.
Elle sent ses poumons se remplir d'air, la douleur de son estomac s'intensifier.
Un frisson lui traverse le corps.
Des personnes chuchotent autour d'elle.
Ses paupières sont lourdes, s'ouvrent par à-coups.
Elle ouvre les yeux.
Sa tête a le vertige.

La femme à côté d'elle est Jeanne, en larmes.
Le sol tangue, elle reconnaît le toit du bateau, une couverture dorée la recouvre, un défibrillateur est collé sur sa poitrine.
Elle a froid, terriblement froid.
Tout lui revient maintenant.

Chapitre 30

JOUR 8

Monique a rejoint Jeanne d'un pas lourd, ce matin. Elles sont blotties sur le lit de Jeanne, attendant impatiemment des nouvelles de l'hôpital.

Elles ont assisté impuissantes au drame de la veille, Jeanne a pu s'extirper de l'eau assez rapidement, suivie de Monique. Bonne nageuse grâce à une assiduité redoutable aux cours de natation dès l'âge de sept ans, elle connaît parfaitement sa force et ses limites. S'étant trop éloignée du bateau, elle est rentrée dans une zone où le courant était très puissant, elle a cru ne jamais pouvoir revenir à bord du bateau.

La scène a été dramatique pour Antoine et Juliette, hélitreuillés tous les deux après la réanimation de Juliette. Sa vie a été suspendue pendant neuf longues et interminables minutes de massage cardiaque. Jeanne choquée, ne s'en remet pas. Des flashs arrivent devant ses yeux, elle reste mutique. Aucun son ne sort de sa bouche, aucun mot ne parvient à qualifier l'innommable.

Un coup de tonnerre dans un ciel serein.

Elle déteste ce que la vie peut offrir de pire.

Antoine, blessé, a fait preuve de beaucoup de courage en ramenant Juliette à bord du bateau.

Jeanne a tenu la main de Juliette tout le long de sa réanimation. Les accompagnateurs ont fait leur maximum pour la ramener à la vie. Elle a tellement eu peur de la perdre.
Monique était aux côtés d'Antoine, tétanisée par l'angoisse. Il n'a pas tout de suite perdu connaissance.
Un hélicoptère est arrivé une demi-heure plus tard, le bateau s'est mis à tanguer fortement, les autres passagers se sont allongés sur le pont du bateau.
Jeanne est restée près de Juliette qui a retrouvé sa conscience mais dont l'état est resté très préoccupant. Son corps est resté bleui, ses lèvres violacées.
Elle a tremblé. Jeanne et Monique se sont effondrées d'inquiétude et de fatigue lorsque l'hélicoptère est reparti. Elles l'ont suivi jusqu'à le perdre de vue.
Le bateau est rentré sur l'île où attendaient l'infirmière et le médecin de l'hôtel pour des examens de routine et un debriefing.

Elles se dirigent en silence vers le restaurant pour déjeuner. Henri et un ami à lui, Gérard, se joignent à elles. L'humeur n'est pas au fou rire. Jeanne picore difficilement son entrée qui a du mal à passer. Elle écoute d'une oreille distraite Gérard expliquer qu'il vient de Rouen, qu'il est divorcé et seul depuis sept ans. Sa femme est partie avec le voisin d'en face qui venait lui tondre la pelouse et tailler la haie depuis qu'un accident vasculaire cérébral avait fait immersion dans sa vie. Monique prête l'oreille timidement, encore très perturbée par l'événement d'hier et des nouvelles qui n'arrivent pas.
Il dit vivre une situation compliquée avec son ex-femme, maintenant sa voisine, qui n'a aucune intention de déménager. Il la voit tous les matins partir au travail depuis la fenêtre de sa cuisine, c'est devenu une habitude. Il se rassoit à la

même place le soir, à l'heure de la débauche, pour l'observer. Il rebondit avec des à priori tout faits.
« Mais que les gens sont cons, mon voisin me pique ma femme et il n'a même pas la décence de partir ! C'est comme ces cons du bateau ! Vous avez entendu parler des noyés d'hier ? Ils sont partis faire du snorkeling en pleine mer au milieu des requins ! Non mais quelle idée !
Monique interpellée par tant de stupidité, sort de sa léthargie et lui répond très calmement.
– Qu'y a-t-il de con dans ce qu'ils ont fait ?
– C'est absurde d'aller faire du snorkeling en pleine mer.
– Pourquoi cela est absurde ?
– Parce que ça ne sert à rien de prendre un bateau pour aller voir des poissons alors que tu peux en voir juste ici en te baignant.
– Ne serait-ce pas plutôt parce que tu ne peux pas y aller à cause de tes problèmes de santé ?
– Oui un peu, dit-il avec un sourire honteux, facilement pris au piège.
– Ne devrais-tu pas toi aussi t'ouvrir à de nouvelles choses au lieu de ruminer ton divorce depuis sept ans ?
Te rends-tu compte que tu attends ta femme tous les soirs à la même place ? ...Ta femme qui ne reviendra pas !
Gérard, la solitude des gens aigris t'attend au coin de la rue !
Monique se penche en avant et approche son visage du sien. La vie est plus courte que tu ne le crois. Un jour tu prendras vraiment conscience que la mort guette tout le monde, et j'espère pour toi que tu changeras.
Monique marque une pause, elle s'adosse à sa chaise. Son regard se fixe au loin, et elle reprend.
Par une soirée d'été d'un mois de juillet, mes parents m'ont appris que ma mère était atteinte d'un cancer. Ils ne savaient

pas comment me l'annoncer, connaissant mes angoisses, et parce qu'ils n'en étaient pas encore sûrs. Ils avaient peur que je réagisse mal. Ma mère voulait me le cacher pour me protéger, mon père a refusé de me mentir.

Je me suis effondrée en larmes face à eux, j'ai tout imaginé, tout est allé très vite dans ma tête. Mes pensées ont oscillé entre l'idée que le cancer se soignait bien aujourd'hui et l'idée qu'on en mourrait encore, comme ma cousine Isabelle l'année dernière.

Ma mère a fait une fibroscopie bronchique avec biopsie, nous avons attendu dix jours avant de connaître le résultat, la sentence. Dix longs jours à se ronger les sangs, à se réveiller la nuit, s'assoupir le jour, ruminer, s'agacer pour un rien, l'impossibilité de se concentrer ou de lire.

Un « cancer pulmonaire à petites cellules » a grossi dans le poumon gauche de ma mère. Le verdict est tombé en fin de matinée de ce quinze juillet. Un coup de massue ! Ma mère n'a jamais fumé. On était assis tous les trois à la table de la cuisine, mon père tenait le courrier dans ses mains, abasourdi par la nouvelle. Personne n'a pu parler pendant de longues minutes. Mes larmes sont montées par salves, irrépressibles, incontrôlables. J'ai tout imaginé, tout m'est passé par la tête. Je savais qu'on pouvait perdre ses cheveux, vomir, maigrir, que les traitements allaient être longs. Il m'a semblé impossible que ma mère puisse surmonter tout cela, je ne voyais pas cette force en elle. J'aurais voulu l'affronter à sa place, prendre sa douleur, sa souffrance, la soulager. J'ai eu peur qu'elle souffre, qu'elle meure, j'ai eu peur d'être impuissante.

Ma mère s'est redressée, a levé sa tête et nous a annoncé déterminée « je vais me battre ». Je ne l'ai jamais connue aussi courageuse, elle qui appelait mon père à la vue d'une araignée, ne conduisait pas par jour de verglas ou ne descendait jamais à la cave.

J'ai fondu en larmes. De ces larmes qui ont tiédi mon cœur refroidi, de l'espoir est né.

Elle a pris rendez-vous chez son médecin, et s'en sont suivis divers rendez-vous et examens médicaux. Elle s'est fait opérer, nous redoutions le résultat de cette nouvelle biopsie qui s'est révélée être une mauvaise nouvelle, des ganglions étaient atteints et elle avait une vilaine tâche sur le foie. Elle a dû subir de la radiothérapie et de la chimiothérapie. Elle a été forte, tellement forte ! Elle a tout encaissé sans jamais se plaindre.

On l'a soulagée à la maison bien sûr, hors de question qu'elle gère le quotidien. Mais elle y tenait, elle ne voulait pas qu'on la considère plus malade qu'elle ne l'était. On a réorganisé nos journées, mon père finissait tard le soir alors j'ai commencé plus tôt pour être avec elle en fin de journée. On a tout fait pour apaiser la souffrance qu'elle accumulait en elle pour nous épargner. Je l'ai vu vomir, perdre du poids, et son regard d'habitude enjoué, est parti avec.

Finalement la tâche hépatique n'était qu'un kyste bénin et non une métastase qui aurait assombri le pronostic. Elle s'en est sortie après deux années de traitement lourd et d'apnée mentale. Elle est aujourd'hui suivie régulièrement. On a à nouveau pu respirer. On est parti au Mont Saint-Michel et on a même été une fois au théâtre.

La vie m'a donné une immense claque le jour où mon père est venu dans ma chambre pour me dire, « tu sais Monique on vieillit avec ta mère, on n'est pas éternel, on ne te met pas dehors mais tu dois maintenant devenir autonome pour savoir te débrouiller sans nous, tu sais bien, au cas où ». Cela a

été très dur d'entendre ces mots pourtant remplis de vérité. On sait tous qu'on n'est pas éternel mais on le réalise réellement quand les jours sont comptés. Je ne veux pas être envahie du regret de ne pas avoir vécu et encore moins à cause de mes angoisses. J'ai décidé de les affronter et de les vaincre, pour me libérer de leurs emprises.
Alors je n'ai pas de conseils à te donner, tu fais ce que tu veux Gérard, mais n'oublie pas de vivre ! »

Chapitre 31

Juliette se remet doucement de sa noyade. Elle est restée une journée à l'hôpital en observation. Comme son état était stable, elle a été transférée à l'hôtel qui dispose d'un médecin et d'une infirmerie sur place, sinon elle aurait été rapatriée. Le médecin passe régulièrement lui rendre visite dans son bungalow. Son état s'améliore d'heure en heure, elle présente encore quelques difficultés respiratoires, ses côtes sont douloureuses, elle ne peut manger que par petites quantités.
Jeanne lui rend visite comme une mère le ferait pour sa fille. Monique est aussi à ses côtés.
Leurs visages portent un sourire de sollicitude envers Juliette. Monique lui tend un ange gardien en origami qu'elle a confectionné la veille en pensant à elle.
« Comment vas-tu Juliette ? Tu as mal quelque part ? Tu as besoin de quelque chose ?
– Non merci, j'apprécie votre gentillesse envers moi.
– On t'a amené quelques magazines pour passer le temps.
Monique les lui tend.
– Et vous, vous allez bien ?
Jeanne et Monique s'installent chacune dans un fauteuil du petit salon qui fait face à Juliette.
– Oui nous ça va, mais on s'est beaucoup inquiété pour toi.
Juliette est émue par tant d'attention, elle entreverrait presque le sillage d'un amour sororal. La discussion évolue

vers les rencontres amoureuses de Monique, qui répond avancer à tâtons puis passe, contre toute attente, aux aveux.

– Vous savez j'ai jamais rencontré d'homme, dit Monique, enfin je veux dire le grand amour qui dure, avec qui on partage des choses, on est complice.

– Tu n'as rien manqué, les mecs c'est tous les mêmes ! Lui répond Juliette. Tu vois les contes de fée qu'on t'a mis dans la tête quand tu étais encore petite, et bien la vie c'est pas comme ça ! Les princes charmants, ça se barre toujours avec les mauvaises princesses, crois-moi.

– Quelqu'un t'attend quelque part, j'en suis sûre, mais vos chemins ne se sont pas encore croisés, tente de la rassurer Jeanne.

– Tu as reçu ton smartphone ? Lui lance Juliette.

– Oui j'ai été le chercher à la réception cet après-midi.

– On va forcer le destin... »

Juliette lui explique les diverses fonctionnalités de son nouveau téléphone et lui télécharge toutes sortes d'applications que Monique apprendra à utiliser.

« Tu n'as jamais essayé les sites de rencontre ?

– Non, mon père me dit toujours de me méfier d'internet.

– Tu serais d'accord pour essayer ?

Monique acquiesce à la condition que ce ne soit pas payant.

Il suffit de créer un profil, tiens, mets-toi là que je te prenne en photo ! »

Monique s'exécute.

« Non mais minaude Monique !

Imagine, le mec va voir ta photo sur ton profil !

Si tu poses façon photo de famille tu n'auras pas de like !

Je ne sais pas... mords-toi la lèvre !

C'est bon j'en ai trois, c'est suffisant pour créer ton compte.

Ton âge ??

– 38
– Bon on va mettre 32, description ?
– Femme célibataire, sans enfants, cherche homme pour faire connaissance, fait Monique hésitante.
– Tu peux dire que t'aimes jouer au scrabble tant que tu y es ! Bon je mets, *si tu cherches mieux que ton ex, tu as trouvé la perle rare !*
– Qu'est-ce que tu aimes dans la vie ?
– Les animaux, les origamis et les sudokus.
Après un court silence embarrassant, Juliette répond.
– Je mets *Femme créative, proche de la nature, aime les rencontres audacieuses.*
– Un pseudo ?
– On met pas Monique ?
– Non on met pas Monique, non !
– Bélouga ? C'est mignon Bélouga ?
– Si tu veux, c'est le nom d'une baleine, mais si tu veux !
– Tu vois autre chose ?
– Attends, je cherche.
Juliette laissant à peine le temps à Monique de réfléchir, enchaîne.
– On va rajouter :
Avant de me demander en mariage, il y a trois choses que tu dois savoir :
1- Je préfère les longues conversations plutôt que les discussions superficielles.
2- J'aime les gros diamants.
3- On dira à mes parents qu'on s'est rencontrés dans une bibliothèque.
C'est bon ton profil est créé ! Maintenant tu *swipe*, tu *like* ou tu *dislike* et après, ça *matche* !

Devant la tête dubitative de Monique, Juliette explique de manière plus détaillée :
Imagine, tu fais tes courses, tu prends tes articles, tu les mets dans ton panier ou tu les laisses en rayon. Si quelqu'un d'autre t'a *liké*, ça *matche* et tu peux parler avec lui.
Des signes de fatigue se lisent sur le visage de Juliette.
– Bon je pense que je vais bien finir par m'en sortir. Si j'ai besoin, je reviens te voir. Je te laisse, je pense que tu as besoin de repos, merci Juliette pour ton aide.
Monique s'apprête à quitter la chambre avec Jeanne, lorsque Juliette les interpelle.
– Au fait, Antoine n'est pas passé me voir aujourd'hui, tu sais pourquoi ? Tu l'as croisé ? Bredouille Juliette.
Silence.
– Non je ne l'ai pas croisé. Jeanne et Monique se regardent. Il est parti.
– Parti ? Mais parti où ?
Silence.
Jeanne répond.
– On ne voulait pas t'en parler parce que tu as besoin de te remettre, mais puisque tu insistes… Ils l'ont emmené avec toi dans l'hélicoptère.
Je n'ai pas de bonnes nouvelles Juliette.
Jeanne fait une pause.
Il t'a sauvé la vie hier. Il a pu te ramener à bord, mais il est dans un état préoccupant. Il a perdu beaucoup de sang.
– Mais dis-moi Jeanne, Je t'en supplie ! Il est où ?
Juliette bondit, stupéfaite. En se relevant de son lit, les douleurs se réveillent. Elle a des vertiges et se met à tousser.
– Juliette, reste tranquille ! Ils l'ont emmené à l'hôpital, ils s'occupent de lui, je ne peux pas t'en dire plus, on n'a pas d'autres nouvelles depuis. J'ai appelé ce matin, personne n'a

pu me répondre et le directeur de l'hôtel n'en sait pas plus. Il réessaiera demain. »
Un silence envahit la pièce.
Juliette encaisse le choc.
Elle imagine l'espoir de le revoir tomber à terre, sur ce sol que ses yeux fixent.
Elle reste figée, plongée dans son inquiétude qui ne la quitte plus.
Jeanne et Monique s'éclipsent, sentant que Juliette a besoin d'être seule, elles reviendront plus tard.
Juliette se remet difficilement de cette mauvaise nouvelle et se préoccupe sérieusement de son état. Le pire l'attend, de ne pas savoir.

Jeanne se retrouve seule devant son bungalow.
Elle tourne la clé dans la serrure, pose son sac sur le fauteuil, et s'allonge sur son lit.
Elle allume son téléphone, un bip retentit.
Un long mail la surprend :

« Ma chérie,
La vie est longue sans toi à mes côtés, je m'ennuie de toi.
Chaque soir, c'est triste que je retrouve la maison vide.
Je ne comprends pas ton départ et encore moins ton silence.
Tu es partie si vite que nous n'avons pas pu avoir d'explications. Tu m'as dit que tu avais tout compris et que toute cette mascarade suffisait.
Je ne comprends pas de quoi tu veux parler.
Ai-je dit ou fait quelque chose qui t'a déplu ?
Je sais que je ne suis pas assez présent, si tel est le problème, je veillerai à rentrer plus tôt du travail.

Nous pourrions retourner à Venise, où nous avons des souvenirs si fabuleux !
Je t'en prie, parle-moi, explique-moi ce qui te tourmente, je veux comprendre, je veux te comprendre.
J'ai su te pardonner, pardonne-moi à ton tour.
Je saurai entendre et apprendre de tes reproches, je ferai mon possible pour que ta vie soit plus légère à mes côtés.

Ton mari qui t'aime. »

Chapitre 32

BAM, BAM, BAM.
« Mais c'est quoi ce boucan ! J'arrive.
Le directeur ouvre la porte en tenue légère, derrière lui, Juliette pense reconnaître Cynthia, la prof de fitness.
– Bonsoir, j'ai besoin d'un hydravion pour demain matin, je dois aller à l'hôpital, dit Juliette d'un ton sec.
– Un hydravion ? Mais qu'est-ce qui vous arrive, c'est urgent ? Vous avez un problème médical ? Vous voulez que je rappelle le médecin de garde ?
– Non j'ai besoin de prendre l'avion demain matin, à la première heure pour rejoindre l'hôpital de Malé. Je dois rendre visite à quelqu'un.
– L'hydravion ne vient ravitailler l'île qu'une fois par semaine, il est passé avant-hier.
– Alors un bateau ? Vous en avez au club que je sache ? Répond Juliette agacée par son manque de perspicacité.
– Les bateaux ne vont pas aussi loin, vous pourriez avoir un bateau-taxi comme celui qui est venu vous chercher à l'aéroport, mais il ne fait que trois aller-retours par semaine, il est déjà passé ce matin. Non, je suis navré, je ne vais pas vous être d'un grand secours. Vous voulez rendre visite à Antoine, c'est bien ça ?
– Oui.

– Je vais rappeler l'hôpital demain, je vous tiendrai au courant dès que j'en saurai plus, d'ici là reposez-vous bien, vous en avez besoin.

Juliette encaisse, elle qui pensait pouvoir trouver de l'aide pour rejoindre l'hôpital, elle s'est trompée.

Elle est déçue et en colère de ce qui lui arrive.

Le destin s'acharne.

Elle se demande pourquoi toutes les personnes qui lui sont chères disparaissent subitement.

La vie est dure.

La veille, elle passait une soirée inoubliable avec Antoine et le lendemain ses jours sont comptés !

Tant d'injustice la révolte.

– Bonne nuit, dit Juliette inconsolable.

– Bonne nuit, rétorque le directeur soulagé, pensant qu'elle n'a pas vu Cynthia. »

C'est le cœur lourd qu'elle regagne doucement son bungalow, envahie de douleurs des suites de la noyade.

Elle ressent quelque chose qu'elle n'a pas vu venir, quelque chose qui lui donne la sensation de marcher au bord d'un précipice, peut-être quelque chose de très banal comme le manque et de très douloureux comme l'incertitude.

Ou bien quelque chose de plus violent comme des sentiments ?

Des sentiments étaient-ils en train de naître dans ce corps jusque-là insensible ?

Cette nouvelle sensation surprend Juliette qui ne parvient pas à la nommer.

Elle imagine cette nuit-là mille scénarios de retrouvailles, invente des variantes.

L'éventualité d'une fin tragique l'empêche de rentrer dans un sommeil profond. Elle somnole dans son lit froid, abattue par

les antalgiques et la tournure déplaisante que prend sa vie.
Elle se prend en plein visage ce que la vie peut offrir de meilleur et de pire.

Elle ne peut se résoudre à l'éventualité d'une fin effroyable, ils ne le méritent pas.
Elle alterne des phases de prise de conscience dramatique de la situation et des phases de déni, où elle pense que cette mésaventure n'est rien d'autre qu'un affreux cauchemar dont elle va se réveiller indemne.
Le cours de la vie reprendra là où il s'est arrêté.
Elle espère.

Chapitre 33

JOUR 9

Le réveil est douloureux pour Juliette pétrie de douleur et d'angoisse. Sa première pensée est pour Antoine, dans son lit d'hôpital entre la vie et la mort. Elle repense à son acte de bravoure. Qu'il ait mis en péril sa propre vie pour sauver la sienne est inestimable. Elle se demande comment il a pu penser qu'elle aurait plus de valeur que la sienne. On peut comprendre qu'une mère puisse se mettre en danger pour sauver son enfant, on peut imaginer qu'un frère puisse faire don d'un organe pour sauver la vie de sa sœur. Mais qu'une personne qu'elle connaît à peine puisse mettre sa vie en jeu pour elle, elle ne comprend pas quelle force a pu l'animer.
Le directeur ne répond pas, il est encore tôt.
Le temps passe trop lentement, elle compte les minutes qui la séparent de l'heure d'embauche.
Juliette erre sur internet pour s'occuper l'esprit. Elle lit ses mails et découvre une réponse de son propriétaire expliquant dans une longue missive qu'il s'engage à rembourser les sommes avancées pour la réfection de son appartement et lui demande son RIB pour le virement des frais. Elle est soulagée, le courrier de l'avocat de Jeanne a eu l'effet escompté.
Monique arrive, un plateau à la main pour lui servir son petit déjeuner qu'elles prendront ensemble. Elle lui a déposé un trèfle à quatre feuilles en papier, qu'elle a confectionné avant

de venir, cette attention touche Juliette. Monique l'aide à franchir les quelques pas qui la sépare de la terrasse. Elle prend des antalgiques qui ne font que peu d'effet face à l'importance de ses douleurs. Son corps est contrit de courbatures, sa cage thoracique lui fait affreusement mal. Elle remercie sincèrement Monique pour sa présence, sa bienveillance qui la réconcilie avec la nature humaine. Une présence à ses côtés n'a jamais été aussi réconfortante.
Le téléphone sonne.
Juliette reconnaît la voix du directeur qui, après quelques phrases courtoises, lui annonce qu'il n'est pas parvenu à obtenir des informations de l'hôpital en raison du secret médical. En revanche, il a pu avoir les proches d'Antoine totalement bouleversés par l'accident. Il n'est pas rassurant. Antoine a été placé dans un coma artificiel après son opération. Projeté par la houle sur l'hélice du bateau avant de venir la secourir, il a perdu beaucoup de sang. Son intestin a été touché, il a dû subir une lourde intervention, mais les médecins gardent espoir. C'est une certaine Agnès qui lui a répondu, elle était très émue. Elle lui a expliqué qu'elle devait venir au départ aux Maldives avec Antoine, mais elle a eu un contretemps professionnel l'obligeant à annuler son séjour. Elle a déjà réservé une chambre et arrivera dès que les vols le permettront, à moins qu'Antoine ne soit rapatrié, ce qui est fort probable.
Le moral de Juliette rétrécit à mesure qu'elle écoute le directeur.
La santé d'Antoine est au plus mal, sa vie ne tient encore qu'à un fil.
Elle s'enfonce dans une culpabilité immense, celle du survivant, dont les jours ne sont plus en danger. Elle serait prête à échanger sa place.

Antoine avait l'air très épris d'Agnès, même s'il croit que leur histoire est terminée. Elle craint qu'il la rejoigne sitôt rétabli. Par manque de temps leur relation n'a pas véritablement vu le jour, et par manque d'espoir la possibilité d'une relation s'est éteinte. En aucun cas par manque de sentiment à son égard.
Tout cela ne fait que renforcer ses inquiétudes de le perdre définitivement.
Elle a la sensation de l'avoir déjà perdu.

Chapitre 34

Jeanne se joint à Juliette et Monique, accompagnée de Cynthia, la prof de fitness et yoga, dont elle s'est rapprochée la veille au cours du dîner. Elle apprend les mauvaises nouvelles les unes après les autres.
Elle explique à Juliette son désaccord concernant la réponse du propriétaire, ne pouvant s'en tirer comme cela. Avec ce courrier, il s'engage certes à la rembourser mais il ne lui assure pas d'annuler les poursuites au sujet de la location saisonnière illégale, et le risque d'être expulsée. Jeanne lui dicte une nouvelle lettre imposant un écrit annulant les poursuites. Juliette remercie sincèrement Jeanne pour son aide si précieuse, ses douleurs et ses inquiétudes actuelles l'empêchant d'avoir toute sa lucidité. Elle n'avait pas eu cette lecture de la situation.
Elles entendent sonner le nouveau téléphone de Monique qui l'a réveillée toute la nuit durant.
Monique n'a pas su l'éteindre.
« Ça a *matché* cette nuit, j'ai trois personnes qui ont *liké*, répond Monique enjouée par ce succès soudain, Juliette sourit.
– Montre-moi les profils, Monique lui tend son téléphone, elle les examine en détail. Bon celui-là habite trop loin de chez toi, en plus ça fait longtemps qu'il est sur le site, ce n'est pas bon signe. Ah mais regarde ! Tu en as deux qui sont sur l'île ! Ça Monique crois-moi, c'est un signe du destin !
Juliette clique sur l'écran pour faire défiler les photos.

Le premier a mis une photo sur son profil, mais je le connais laisse tomber Monique, tu vas perdre ton temps avec lui ! Tu n'arriveras à rien de sérieux avec lui, il trompe comme il respire ! C'est Je-ne-sais-plus-son-nom.
– Tu es cash Juliette ! Rit Monique.
– Ah parce que tu te mets à parler comme moi ! Répond Juliette, amusée. Le second n'a mis que des photos assombries. Bon envoie-lui un *match* qu'on en sache un peu plus !
Monique s'exécute. Après quelques instants, un bip retentit.
– J'ai rendez-vous demain soir avec lui. Monique est satisfaite et s'étonne d'autant de facilité.
Jeanne les écoute d'une oreille, son esprit est lointain, elle semble rêveuse, ailleurs.
– Tout va bien Jeanne ?
Silence.
– Mon mari m'a écrit. J'ai reçu son mail hier soir.
– Et ça s'arrange entre vous ? Lui répond Cynthia.
– Pas vraiment. Il fait semblant de ne pas comprendre. Il reconnaît m'avoir délaissée au profit de son travail, dont il pense qu'il est à l'origine de notre rupture, et ose me dire qu'il m'a pardonnée mes erreurs passées. Ce qu'il a fait n'est d'aucune mesure avec ce qu'il m'a pardonnée. Je me suis rapprochée de son meilleur ami venu régulièrement à la maison après son divorce. Je l'ai écouté, soutenu, alors que mon mari brillait par son absence. Il l'a appris et est sorti de lui-même. Mais il ne s'est jamais rien passé ! J'ai seulement fait l'erreur de lui cacher ses visites qu'il a mal interprétées.
Il a fait le choix d'oublier, mais il semblerait que son pardon ait une valeur marchande, ce qui me met très en colère. J'ai la sensation que par ce pardon j'ai une dette envers lui, une ardoise non acquittée. L'amour ne doit pas être marchandé mais gratuit. Pour moi, l'amour n'attend pas de retour. Si

l'autre en attend un, qu'il ne l'exige pas comme un ordre ou une menace précédant la sentence !

– Mais as-tu été assez claire avec lui ? Lui as-tu dit que tu avais découvert qu'il avait une relation avec cette jeune femme et que tu les avais vus ? Il pourrait s'expliquer et faute de lui trouver des excuses, tu pourrais lui trouver des circonstances atténuantes. Elles apaiseraient ta colère et t'amèneraient sur le chemin du pardon ? Lui répond Cynthia.

– Après ce qu'il m'a fait ? Répond Jeanne de manière vive. Elle se tait un instant puis reprend, les lèvres pincées.

– Un jour je me suis levée en même temps que lui pour une fois, me justifiant par un rendez-vous matinal chez la coiffeuse. Il s'est préparé comme à son habitude et est parti pour la journée. J'avais réservé une voiture de location la veille que j'avais pris soin de garer dans la rue devant chez nous. J'ai démarré peu de temps après lui. J'avais signé un contrat de location pour un mois ce qui me laissait amplement le temps d'explorer ses mensonges. J'ai attaché mes cheveux et mis des lunettes. Il a suivi sa route habituelle sur deux kilomètres puis a bifurqué sur la droite. Il s'est engouffré contre toute attente, sur l'autoroute en direction du sud. Il a roulé près de deux heures.

Il s'est garé dans un centre-ville que je ne connaissais pas, la chance était de mon côté ce jour-là, j'ai trouvé une place une centaine de mètres derrière la sienne. J'ai mis une casquette et gardé mes lunettes. Ce jour-là, j'avais pris soin de mettre de nouveaux vêtements sportswear, style que je ne porte jamais, aucune chance qu'il me reconnaisse.

Il a descendu la rue, et a attendu dix bonnes minutes au pied d'un immeuble qui donnait sur une place. Je me suis postée dans un des cafés en face de l'immeuble, près de la vitre.

Une jeune femme blonde est arrivée quelques minutes plus tard. Elle était élancée, aux cheveux longs, jean-tailleur chic-escarpin, une belle femme de vingt-cinq ans environ. Elle s'est avancée, lui a ouvert la porte de l'immeuble où ils ont disparu pendant une heure environ.

Elle l'a conduit ensuite dans un des restaurants, ils ont déjeuné ensemble. Mon mari avait l'air joyeux, la femme riait aux éclats. Peu de temps après, il a saisi son téléphone et la sonnerie du mien a retenti. Il m'a expliqué qu'il devait partir pour Paris dans l'après-midi, régler les détails d'un gros contrat, qu'il était sincèrement désolé pour cet imprévu et qu'a priori il rentrerait tard demain soir. Après avoir raccroché, je l'ai vu esquisser un beau sourire à cette jeune femme qui n'a pas manqué de le lui rendre.

Il m'a trompée, avec une femme beaucoup plus jeune que moi, blonde qui plus est. Comment veux-tu pardonner le mensonge, la trahison et l'humiliation en même temps ?

Je suis restée dormir sur place. J'ai pu acheter un nécessaire de toilette, des affaires de rechange et un pyjama, pour une nuit qui allait entretenir mes cernes. L'hôtel se situait tout près, sur un boulevard, j'avais une vue splendide, la décoration de la chambre était pourtant raffinée mais je n'ai pas su y trouver le réconfort dont j'avais besoin.

Je me suis réveillée le lendemain matin, incrédule, doutant de ce que j'avais vu. J'ai ouvert les volets, j'ai reconnu la ville, la chambre dans laquelle j'avais dormi et où mes larmes avaient coulé. Je me suis postée un peu plus tard dans la matinée, dans le même café et j'ai observé le même va-et-vient de mon mari et de cette femme. Non je n'avais pas rêvé. Je suis rentrée, j'en avais assez vu pour la journée. Cela ne faisait plus aucun doute.

J'ai contacté mon avocat qui m'a reçue dans l'après-midi. Je me souviens encore de ses paroles « Bon Madame, autant être franc avec vous, vous risquez d'en avoir pour deux ans de procédure, surtout s'il conteste le montant de la prestation compensatoire qui, vu les revenus déclarés, sera conséquente. Vous allez devoir liquider vos biens en commun, par contre pour la société, vous aurez le choix entre garder votre mari salarié puisqu'il n'est pas actionnaire et que votre père vous a légué l'intégralité des parts de sa société, soit le licencier. Mais je ne vous cache pas qu'il pourra là encore contester si le motif n'est pas valable ». Je lui ai demandé si l'adultère était un motif valable, il m'a répondu avec une très grande franchise dont je le remercie, « aux yeux de la loi, l'adultère n'est pas une faute ni pour divorcer ni pour licencier, seulement au nom de votre morale ».
– Donc si tu demandes le divorce tu peux mettre ton mari sur la paille ? S'exclame Juliette.
– Je peux en avoir le pouvoir mais pas l'éthique. J'ai réfléchi à la situation indécente et immorale dans laquelle il se trouverait et même si je lui en veux pour cette trahison, je ne pourrais plus jamais me regarder dans un miroir si je faisais une chose pareille. Je ne souhaite pas que la colère me fasse aller jusque-là, devenir ce genre de personne.
– Jeanne, ne crois-tu pas que si tu ne lui parles pas tu risques de rester enfermée dans ta colère ? Tu dis qu'il est responsable en totalité de cette situation, mais es-tu sûre de n'avoir jamais rien fait qui aurait pu abîmer ton couple ?
– Cynthia, tu as raison sur un point, j'ai une dette envers lui que jamais je ne pourrai effacer quoique je fasse, une énorme dette. Mais il ne le sait pas. »

Chapitre 35

Avant la séance de yoga du milieu d'après-midi, Juliette montre à Jeanne la nouvelle réponse de son propriétaire qui renonce également à la poursuite pour la location illégale. Juliette est soulagée et peut enfin envoyer son RIB pour être remboursée des sommes avancées.

Cynthia les accueille pour leur séance de yoga, elle demande à toutes de ne pas forcer sur les postures qui doivent leur apporter avant tout, souplesse et détente. Juliette assiste à la scène depuis un transat, déjà amusée par les noms loufoques des positions.

Elles commencent par celle dite du « chien tête en bas » qui rend hilare tout le groupe. Les mains doivent être placées paumes contre sol, bras tendus, ventre rentré, dos plat, l'une des jambes talon au sol, l'autre en l'air dans le prolongement du dos. Monique ne lève pas sa deuxième jambe et Jeanne plie les genoux.

Suit la posture improbable « du corbeau ». Cynthia les prévient d'essayer cette posture en douceur à moins de vouloir y laisser quelques dents de devant.

Elles s'accroupissent, placent leurs mains à la manière des pattes d'un corbeau, replient leurs genoux venant se caler sur le derrière des bras, au-dessus des coudes. Elles tentent de basculer légèrement vers l'avant en prenant appui essentiellement sur les mains. Cynthia les encourage d'un « Voilà vous volez ! ». Monique tombe la tête en avant, suivi de

Jeanne dont l'oreille droite s'enfonce dans le matelas dans un fou rire collectif. Seule une personne du groupe maîtrise parfaitement la gestuelle. Juliette suit la scène de loin et ne regrette pas de s'être déplacée au prix de quelques douleurs.
Pour terminer, Cynthia leur enseigne la posture « du guerrier » qu'elle affectionne pour l'énergie qu'elle procure, Juliette n'en perd pas une miette. Debout les pieds joints, Monique et Jeanne écartent leur jambe droite sur le côté et font pivoter leur pied. Leur pied gauche reste immobile. Elles soulèvent les bras au-dessus de leurs épaules et les tendent vers le ciel. Leur genou droit reste plié, la tête suit les mains dirigées vers le haut. Monique se sent renforcée, Jeanne plus dynamique, rassemblée, parvenue à réunir toute son énergie qu'elle dispersait à coup de colère, de honte et de désespoir.
La séance se termine par des mots d'apaisement, Cynthia quitte les filles en les remerciant pour le bon moment passé ensemble.
Jeanne et Monique aident Juliette à rentrer et à s'installer sur sa terrasse. Elles attendent encore des nouvelles de l'état de santé d'Antoine. Le directeur doit les contacter depuis ce matin. Les minutes s'écoulent lentement. Elles tuent le temps en écoutant l'horoscope du jour lu par Monique amusée et nostalgique. Sa grand-mère avait la conviction que l'alignement des astres et des planètes avait une influence sur le comportement des personnes. Elle croyait en ces choses.
Elle avait un baromètre accroché au mur de sa salle à manger qui indiquait le temps à venir, mais ses rhumatismes parlaient avant qu'elle ne voie baisser la pression atmosphérique annonciatrice de mauvais temps. Elle disait mal dormir les soirs de pleine lune et avait toujours orienté son lit tête au nord. Elle ne mettait jamais le pain à l'envers sur la table, et passait le sel en regardant droit dans les yeux.

Elle disait toujours lorsque Monique remuait la salade, qu'elle attendrait autant d'années avant de se marier, qu'il y avait de feuilles tombées du saladier. Monique s'est toujours dit qu'elle avait dû faire tomber toute la salade un jour, pour en être encore là, mais elle n'en a pas le souvenir. Sa grand-mère lisait chaque semaine son horoscope. Monique suit ses traces.
« Jeanne tu es quel signe ?
– Cancer.
– *Vos sentiments changent tout comme vous. Ce n'est pas le meilleur moment pour penser aux relations stables. Il est bon pour vous d'être libre, de rencontrer des gens et d'observer les différentes options qui se trouvent sur votre chemin.*
– Juliette ?
– Licorne, dit-elle blagueuse. Bélier, lâche-t-elle plus sage.
– *Un événement imprévu en rapport avec l'un de vos proches vient s'ajouter à une situation déjà très éprouvante. Vous n'avez pas d'autres choix que d'y faire face en gardant votre optimisme, faites-vous confiance.*
– Et pour toi Monique ?
– Balance.
– *Journée très dynamique. Votre environnement social fait bouger votre cœur et votre esprit. Rencontres et rendez-vous sont au programme. Vous avez toutes les cartes en main pour tisser des liens passionnés.* » Monique rit.
L'attente est longue, malgré l'horoscope et les sudokus. Une longue introspection s'empare de Jeanne. Son esprit ne peut s'empêcher d'aller errer dans son passé, dont la lecture se fait et se défait à la manière d'un tricot ajouré. Un événement oublié ressurgit soudainement, et retient son attention.

« Oh mon dieu ! J'ai complètement oublié ! Dit-elle horrifiée, posant sa main sur son front.
– Qu'est ce qui t'arrive Jeanne ? Lui rétorque Juliette inquiète
Silence.
Jeanne s'explique.
– Comme tous les matins, je suis partie marcher. J'ai enfilé une tenue de sport confortable, chaussé mes baskets, refermé le lourd portail derrière moi. J'ai senti l'air frais et humide du matin remplir mes poumons, mes muscles se contracter sous l'effet du froid. Je croise souvent les mêmes chiens promenant leurs maîtres, je leur fais un bref salut et poursuis ma route en direction du parc. Au bout de la rue, j'entends déjà les canards sur fond de trafic matinal, des motos, des voitures, des bus. Mon circuit est toujours le même, je marche une bonne heure puis reviens m'étirer sur les marches du perron.
Comme tous les matins après mon sport, je me dirige vers la cuisine, me presse deux belles oranges du primeur de la rue Pasteur, me fais couler un café et tartine mon pain de fromage frais.
Comme tous les matins, je me déshabille dans ma salle de bain illuminée par les premiers rayons du soleil, tourne le mitigeur pour réchauffer la douche, et me glisse sous une pluie d'eau chaude fumante. Je saisis mon gel douche à l'extrait de rose, fais tomber une noisette dans le creux de ma main, et me savonne en démarrant par le ventre, le haut du corps puis le bas. Et c'est bien précisément ce matin-là, que j'aperçois une petite boule dans mon sein droit, assez volumineuse en tout cas pour la palper sous mes doigts. Je me rince, sors de la douche, enfile une serviette en vitesse et je fais ce qu'il ne faut pas faire, j'allume l'ordinateur.

Je lis en diagonale « cancer du sein », « tumeur maligne », « adénocarcinome », « lutte contre le cancer du sein », « marche rose », et bien voilà nous y sommes ! Mon cœur bat la chamade, mes mains sont moites, je suis sur le point de suffoquer. Des images apparaissent devant mes yeux, mon mari, ma mère, ma sœur. Toutes sortes de pensées inondent mon esprit. Je me lève, fais quelques pas, pars dans la chambre, reviens sur le palier. Je tourne en rond, mes mains se posent sur mes tempes. Je suis prise de vertiges, j'ai chaud, mes jambes deviennent molles, ma respiration s'accélère. J'ai peur. Je tente de souffler, de ne pas céder à la panique qui me saisit. Je m'assois sur le bord du lit, la tête entre les mains. Je tente de me rassurer, de dédramatiser ce que je viens de lire. Mon cœur ralentit, ma respiration suit.

Je retourne dans la salle de bain, me sèche les cheveux, m'habille, me coiffe et me maquille. Je me dirige vers l'entrée, attrape mon sac, mon téléphone, les clés de la voiture et pars chez le médecin. Le portail s'ouvre, je tourne à droite et roule en direction du centre-ville. Je m'arrête au feu qui me semble interminable. J'aperçois ma voisine traverser, elle me salue de la main et me fait signe de l'appeler. J'imagine qu'elle veut me parler de sa belle-fille avec laquelle elle est en froid. Elle n'adhère pas à leur modèle éducatif et s'inquiète de voir évoluer sa petite-fille dans un univers où le désir de l'enfant est au centre de tout. « Ce n'était pas comme cela à mon époque » me répétera-t-elle encore. Le feu passe au vert. L'autoradio diffuse le bulletin météo, alertant de l'arrivée des premières gelées matinales, je pense à mon camélia qui risque de souffrir du froid. Je préfère le protéger chaque année avant l'hiver. Je tourne sur la droite, me voilà maintenant sur l'avenue, je suis presque arrivée. Je passe devant le cabinet médical, poursuis ma route sur quelques mètres, et me gare plus loin sur le parking où il reste quelques places. Je descends de la voiture, l'entends se verrouiller et me dirige vers l'entrée. Il est 10h00, et je me dis « quelle chance que la jardinerie soit déjà ouverte ce matin ».

Jeanne marque une courte pause, puis reprend.

Aussi étrange que cela puisse paraître, j'ai oublié de me rendre chez le médecin, un acte manqué.

Jeanne réalise qu'elle s'est négligée, ses inquiétudes au sujet de son couple ont pris toute la place dans sa vie, au point d'en oublier l'essentiel. Elle pense au rendez-vous qu'elle devra prendre en rentrant. Elle s'impose de se ressaisir, de reprendre sa vie en main. »

La sonnerie du téléphone de Juliette retentit.

Elle se penche pour l'attraper, fait glisser le bouton vert vers la droite à deux reprises d'une main moite, le cœur rempli d'attentes. Elle reconnaît immédiatement la voix grave du directeur. Il lui annonce que l'état d'Antoine est stationnaire. Il est toujours dans le coma.

Chapitre 36

Elles passent le dîner en compagnie d'un jeune homme arrivé la veille. Après les précautions d'usage d'un début de rencontre, le discours évolue bien loin du stéréotype attendu d'un italien. Sa présence chaleureuse est la bienvenue, en ce moment oppressant. Répondant au doux prénom d'Alessandro, il se livre alors sur sa vie avec un bel accent.
« J'habite en France. J'ai fait de longues études chez moi, en Italie, mais le taux de chômage est tellement élevé chez les jeunes que j'ai préféré fuir la précarité. Le chômage est proche de 30%. J'ai cherché où m'installer en Europe, j'ai choisi la France, proche de chez moi. J'ai postulé à une offre dans l'aéronautique et j'ai été pris. Il y a un pessimisme ambiant en Italie, une impossibilité de se projeter dans l'avenir, et le désir de plus en plus de jeunes de partir là où c'est plus dynamique.
Monique repense à la conversation qu'elle avait eue avec Juliette quelques jours plus tôt en matière de rencontres. Elle se souvient avoir entendu Juliette lui dire, qu'elle devait s'intéresser à l'autre, identifier ses centres d'intérêts pour approfondir l'échange. Ce qu'elle va s'appliquer à faire avec Alessandro parce qu'elle est loin d'être insensible à ses charmes.
– Tu as dû apprendre le français alors ? Renchérit-elle.
– Mon grand-père a fui l'Italie à l'époque de Mussolini, ils ont vécu en France dans le Sud-Est. C'est une histoire qui se répète inlassablement dans la famille, pour eux c'était bien

pire, ils ont fui la misère, la crise, le fascisme. Nous, on fuit la précarité, les CDD, les petits boulots, une protection sociale plus faible, des salaires bas. L'ascenseur social est bloqué. Mes grands-parents sont rentrés au pays quelques années plus tard avec mon père.
– Tu viens de quelle région en Italie, Alessandro ? Rétorque Monique n'en connaissant aucune, il aurait pu lui dire la Cordillère des Andes, qu'elle aurait acquiescé d'un grand sourire.
– De la Vénétie, et plus exactement de Mirano, un petit village tout près de Venise.
– Tu connais Venise toi Jeanne ? Rebondit Monique qui éloigne ainsi maladroitement la discussion d'Alessandro, sans s'en rendre compte.
– Effectivement, c'est une ville fabuleuse où j'ai d'excellents souvenirs. Jeanne fait une pause, un court silence se fait sentir, elle reprend la plongée dans sa mémoire. Un jour, mon mari a réservé un vol et un hôtel cossu dans le centre de Venise dont je me souviens encore du magnifique lit à baldaquin, des rideaux épais et lourds tamisant la lumière. Le temps s'était arrêté, la vie était plus légère comme une bulle de savon qui s'envole doucement dans les airs.
Nous avons visité une partie de Venise, le Pont du Rialto, le palais des doges, le Campanile, Murano, tant de belles choses ! Nous avons aimé nous laisser bercer par le mouvement des gondoles, pleurer au son de Madame Butterfly de Puccini.
Cette journée-là, nous avons traversé la place Saint Marc, le soleil était radieux, des amoureux s'enlaçaient, des passants marchaient sous les arcades, des pigeons s'envolaient coursés par des enfants. Nous entendions nos pas résonner sur les dalles de pierre.

Mon mari avait choisi un café dont la devanture annonçait l'ambiance luxueuse et surannée de ce lieu authentique qui a su traverser les époques sans être dénaturé.

Les plafonds étaient recouverts de merveilleuses peintures du XVIIIème, les murs de miroirs dorés reflétant la lumière, le parquet craquait sous nos pieds. Je sens encore l'odeur du chocolat au goût inimitable et entend la musique me porter. Un endroit délicieux. Nous avons eu la chance d'être placés dans un petit salon aux canapés et fauteuils en velours rouge, formant une alcôve.

Le serveur a déposé nos cafés, chocolats et pâtisseries puis s'est éclipsé en toute discrétion. Nous avons échangé quelques paroles banales. Mon mari s'est alors tourné vers moi et a sorti de sa poche intérieure, à ma plus grande stupéfaction, un bel étui en satin bleu marine. Mon visage s'est empourpré, mes yeux embrumés. Je porte encore ce beau diamant. Même ce qu'il m'a fait subir récemment n'effacera jamais ce joli moment.

Alessandro brise le silence par une anecdote. Monique écoute, tombée sous le charme.

« Venise est une ville magnifique où j'ai emmagasiné une multitude de bons souvenirs, passé de très bons moments avec ma famille, mes amis. J'y allais surtout le soir avec Julio, mon frère qui me manque beaucoup depuis que j'ai quitté l'Italie, on sortait souvent en boîte, on draguait, comme des Italiens quoi ! On se préparait, on se faisait beau et on se mettait de la gomina ! Au début la coiffure était parfaite, bien gominée, cheveux en arrière mais au bout d'une heure, parce que la gomina ça ne dure pas plus longtemps, on ne ressemblait plus à rien ! »

La discussion se fait à bâtons rompus, entrecoupée des rires des filles.

« Alors il m'appelait sur mon portable et me disait « Alessandro t'as un truc à faire ! », et je disais à la fille avec laquelle je dansais, « Attends bouge pas j'ai un appel important, je te jure je reviens dans deux minutes » et j'allais m'en remettre ! C'est des trucs débiles mais tellement drôles quand on y repense ! »

Les filles rient de plus belle.

« J'ai vraiment de très bons souvenirs là-bas. C'est en France que j'aimerais en avoir maintenant. J'y vis depuis trois ans et je ne suis pas encore intégré. Le soir je finis tard et le week-end je suis trop fatigué pour sortir, alors j'ai une vie de vieux célibataire endurci qui préfère le confort de son canapé. Un jour j'ai eu un déclic, j'ai réalisé que je passerais à côté de ma vie si je continuais à ce rythme. J'ai décidé de me reprendre en main et de commencer par prendre des vacances, trois ans que je n'étais pas parti. J'ai pris ma journée, j'ai étoffé mon dressing, je suis passé chez le coiffeur, j'ai donné mes vieux vêtements. Ça m'a fait un bien fou. Un nouveau point de départ, une renaissance. »

Jeanne, Monique et Juliette sourient.

Chapitre 37

JOUR 10

Juliette consulte sa boite de réception comme tous les matins au réveil, un réflexe bien ancré. Après avoir supprimé les mails publicitaires dont elle est inondée chaque jour, un mail attrape son regard.
Le nom de l'expéditeur lui rappelle vaguement quelque chose. Elle hésite à télécharger la pièce jointe, craignant un piratage informatique. Après un instant de flottement, elle se remémore le message similaire reçu il y a quelques semaines.
La tension monte en elle, une sorte d'anxiété incontrôlable la submerge, ses mains tremblent, son cœur palpite, son esprit tournoie tel une spirale infernale. Il lui semble être arrivée au terme d'une attente insupportable. Elle clique, fébrile, sur la pièce jointe, le téléchargement lui semble interminable. Après quelques secondes, une lettre apparaît et des larmes coulent.
Elle entend frapper à la porte, Monique et Jeanne viennent prendre de ses nouvelles, Juliette essuie ses larmes et les accueille avec un sourire de convenance. Elle les convainc de la laisser se reposer, épuisée par les récentes émotions, le contrecoup. Elle les rejoindra pour déjeuner.
Monique et Jeanne passent la matinée ensemble, laissant Juliette au calme, comprenant cette récupération nécessaire.

Jeanne lit sur la plage, Monique se baigne, marche, nage puis tourne en rond. Elle ressent l'envie soudaine d'essayer les massages puisqu'elle n'en a encore pas eu l'occasion. Ils ont été remplacés par un malentendu, sa séance de flyboard. Jeanne est partante. Elle part poser ses quelques affaires dans sa chambre et rejoindra Monique devant le spa.

Monique traverse le jardin et sent la bonne odeur d'herbe coupée. Elle attend quelques minutes Jeanne, en lisant la carte des massages. Deux esthéticiennes les accueillent, la musique est douce et le thé relaxant. Chacune se retrouve dans une cabine.

Monique se laisse masser avec des coquillages chauds, plus exactement des palourdes tigrées géantes du Pacifique comme le lui a fait savoir la jeune femme. La surface lisse permet un massage tout en douceur, diffusant une chaleur constante. Chaque point de tension est soigneusement travaillé et libère le stress accumulé. Monique découvre pour la première fois les bienfaits du massage sur le corps et l'esprit. Jeanne préfère un massage tibétain qui restaurerait l'harmonie des flux énergétiques et vitaux en équilibrant les cinq éléments et reconnecterait le corps et l'esprit. Jeanne toujours incrédule face à ce genre d'expérience, n'y croit pas une seconde mais se laisse faire, ressentant le besoin qu'on prenne soin d'elle. Lorsqu'elle s'installe, on lui demande si elle préfère terminer son massage par de la farine de pois chiche ou bien des cataplasmes d'herbe et d'épices trempés dans de l'huile. Elle hésite un court instant face à ce choix cornélien comme si sa vie allait en dépendre, et opte, dubitative, pour les pois chiches. Après un massage relaxant d'huile végétale chaude, la voilà blanchâtre, recouverte des pieds à la tête

d'une farine de pois chiches. « Ça va vous faire un gommage ! » renchérit l'esthéticienne, Jeanne pouffant à cette remarque.
Elle repart en compagnie de Monique, détendue et à la peau soyeuse et parfumée.
« Alors Monique ça t'a plu ?
– C'était vraiment très agréable ce massage de palourde ! Jeanne sourit.
– Et toi le massage tibétain ?
– Farineux !
Elles rient aux éclats.
– Par contre toi aussi tu avais une charlotte avec des trous ?
– Monique comment te dire, je pense que tu as mis une culotte sur la tête ! »
Nouvel éclat de rires.
Jeanne abandonne Monique devant son bungalow quelques instants, le temps d'aller se changer pour aller déjeuner. Elles se retrouvent au restaurant, où Juliette a déjà pris place. Sa triste mine et son visage fermé en disent long sur le moment à venir. Juliette reste taciturne. Jeanne et Monique, compréhensives, accueillent sa tristesse même si elles auraient voulu la soulager et atténuer ses inquiétudes. Alessandro s'installe à table, suivie de Cynthia qui épanche ses peines sans censure.
« Cent trois filles viennent au monde contre cent garçons. Je suis l'une de ces trois ! Lance-t-elle. Silence. Je vous dis cela pour essayer de justifier mon célibat mais en réalité je cherche l'Amour. Une amie me dit que je place la barre trop haute, je suis trop exigeante envers les autres et envers moi-même. J'ai été en couple avec Léo pendant six mois, de toute façon cela ne dure jamais plus de six mois, il était charmant, avec une bonne situation mais il n'a pas voulu s'engager. Mon

amie dit que je leur fais peur parce que je suis jolie, intelligente mais étouffante à tout vouloir maîtriser. Les hommes trouvent que j'ai un sale caractère et que je suis trop bordélique. Moi j'ai l'impression de savoir ce que je veux et d'être une fille organisée, dit-elle en vidant son sac sur la table, pour y trouver ses lunettes de soleil qu'elle semble avoir oubliées. Bref je ne sais plus où j'en suis, d'un point de vue identitaire. Je suis venue travailler ici pour réfléchir sur moi, pour rencontrer des personnes qui vont peut-être m'aider à évoluer. J'ai fait des rencontres ces derniers temps qui ne passent pas le cap de la magie des premiers instants. Mes relations ne gagnent pas en profondeur, lance Cynthia, déçue.
– Je crois que tu veux être la femme parfaite, qui cherche l'homme parfait, tu as une check-list dans la tête et s'il ne rentre pas dans ta grille, tu romps, répond Alessandro perspicace.
– C'est pas complètement faux ce que tu dis. »
Silence.
« Tu devrais peut-être davantage accepter l'autre avec ses différences et lui laisser un peu de place, rajoute-t-il.
– Et toutes ses différences feront toute sa richesse... conclut Cynthia, en pleine révélation. »

Chapitre 38

Juliette part seule à sa séance de médiation qu'elle espère libératrice de ses tensions. Elle s'est levée de table avant le dessert et est partie. Elle a quand même pensé à saluer tout le monde. Ses réflexions tournent en boucle sans cesse dans sa tête, sur le point d'imploser. Elle repense à Antoine et à cette lettre. Elle attend et hésite, passive dans les deux cas. Elle voudrait agir là où elle ne le peut pas, et subit là où elle pourrait agir.
Elle est en avance à son cours. Elle prend place pour profiter de l'accalmie. Elle souffle mais cette respiration forcée ne suffit pas à vider son esprit. Elle s'étonne elle-même de repenser à la maison de sa grand-mère qu'il avait fallu désencombrer avant la mise en vente, « les acheteurs pourront se projeter » avait argumenté l'agent immobilier. Ce doit être cela qui lui arrive, cette sensation d'avenir bouché. Ce besoin de faire de la place.
Le groupe s'installe sur la plage, à l'ombre des cocotiers, allongé sur un tapis perlé de sable blanc. Cynthia commence la séance d'une voix douce.
« Vous êtes allongés sur le sable. Vous fermez les yeux. Votre respiration se calme, vous respirez de plus en plus lentement, vous sentez l'air iodé qui rentre dans vos narines, vos poumons et vous traverse, puis ressort plus chaud. Vous continuez à respirer doucement. Vous êtes allongés sur le dos, vos mains reposent sur le sol le long de votre corps, vous laissez

vos doigts se replier naturellement à l'intérieur de vos mains. Vos épaules, les muscles de vos bras, vos abdominaux, vos jambes se relâchent. Votre corps se détend.
Vous entendez le bruit du vent dans les cocotiers, le bruit des vagues qui s'échouent sur la plage. Ce bruit s'éloigne. Ce rythme vous berce, et donne le tempo à vos respirations. Vous sentez les fragrances des cocotiers. Vos muscles se détendent, vous avez le temps... Accueillez les pensées qui viennent à votre esprit, acceptez qu'elles arrivent, puis laissez-les partir...Vous allez rester quelques minutes allongés, pour profiter de cet instant de relâchement.
Silence.
Vous allez ouvrir doucement les yeux, vous étirer et vous relever quand vous le souhaitez, à votre rythme. »
Juliette reste un long moment allongée, la méditation a calmé en partie ses douleurs qu'elle ressent de manière plus atténuée. C'est détendue qu'elle rejoint son bungalow en essayant de prolonger au maximum cet état. Ses idées sont plus claires, son esprit se rassemble et retrouve un certain calme. Elle s'allonge sur son lit pour profiter de cet état, mais la sonnerie stridente de son téléphone la sort de sa plénitude. Le directeur vient d'avoir des nouvelles concernant Antoine. Les médecins sont parvenus à le sortir d'un coma artificiel, ses jours ne sont plus en danger. Il reste très affaibli mais vivant. La famille envisage un rapatriement sanitaire dès que ses forces le permettront. Juliette est soulagée. Elle aimerait tant pouvoir parler à Antoine pour entendre sa voix, lui apporter du soutien. Une ombre vient assombrir le tableau, elle appréhende cette décision de rapatriement et qui va les séparer de manière inéluctable. Elle ne connaît ni son nom, ni son téléphone. En fin de compte, elle ne connaît rien de lui et en même temps, pense avoir lu en lui à livre ouvert.

Elle compose immédiatement le numéro de l'hôpital. La standardiste comprend qu'elle recherche un certain Antoine arrivé chez eux la veille et miraculeusement sauvé d'une noyade. Son anglais n'est pas parfait mais suffisant pour communiquer.

Son appel est transféré aux services des urgences. Ils lui répondent qu'ils n'ont pas de patient correspondant à la description d'Antoine. Elle est basculée en service de médecine. Une personne lui répond avec le maximum d'amabilité qu'elle puisse donner, autant dire aucune, que ce n'est pas une heure pour appeler les patients et lui raccroche au nez. Elle tente à nouveau sa chance en rappelant l'accueil. La standardiste, plus aimable, accepte de regarder dans le fichier des entrants, elle ne trouve personne au nom d'Antoine. Juliette déçue mais décidée, ne se laisse pas abattre. Elle fait une recherche sur internet avec le peu d'informations dont elle dispose, elle essaie plusieurs moteurs de recherche, des mots clés différents, mais ne trouve rien qui puisse lui révéler son identité complète. Le directeur, quant à lui, refuse de lui donner de telles informations sur Antoine, par souci de confidentialité. Elle raccroche, anéantie. Il est bien sûr hors de question de lui demander le numéro d'Agnès, qui de toute évidence ne lui donnerait pas celui d'Antoine. L'étau se resserre.

Juliette réalise qu'elle s'est battue maintes fois dans sa vie, la vie lui a appris à ne pas reculer devant un obstacle aussi insurmontable qu'il semble être.

Une idée lui vient.

Chapitre 39

« Figurez-vous que j'ai fait tomber mes serviettes de toilette dans ma baignoire alors que je faisais couler mon bain, qu'est-ce-que je peux être maladroite parfois ! Pouvez-vous m'en donner d'autres ? Explique Jeanne.
– Oui bien sûr Madame, nous allons vous en apportez directement dans votre suite.
– Ah non ! Écoutez mon bain va refroidir, je vous demande de me les donner maintenant s'il vous plaît, je ne souhaite ni attendre, ni être dérangée, vous comprenez ? Répond Jeanne avec fermeté.
– Oui bien sûr.
La jeune femme disparaît un instant dans la réserve, Monique fait le guet à l'extérieur. Jeanne subtilise une des clés derrière le comptoir et s'enfuit en douce.
– Vos serviettes, Madame !
– Ah oui pardon, merci, où avais-je la tête ! Merci infiniment, vous me sauvez ma soirée ! »
Jeanne tend la clé à Juliette, excitée à l'idée de pouvoir enfin entrer dans la chambre d'Antoine.
Elle introduit la clé dans la serrure et la tourne. Elle baisse la poignée et pousse la porte. La chambre est plongée dans l'obscurité. Les rideaux ont été tirés, sûrement par Antoine pour atténuer la chaleur. Juliette s'avance dans le couloir. La chambre a été faite depuis, une serviette est repliée façon origami, elle plairait à Monique. Elle trône sur le lit avec

quelques pétales de fleurs. Des vêtements pendent du fauteuil, des produits de toilette sont parsemés sur l'étagère de la salle de bain.
Juliette revient sur ses pas, ouvre le placard du couloir, rempli de vêtements, de chaussures dont les fameux mocassins à pompon, ses yeux se remplissent d'émotion. Elle trouve étrange de fouiller dans la vie de quelqu'un qu'elle connaît si peu mais pour lequel ses sentiments lui font croire qu'ils se connaissent depuis toujours. Elle ressent des choses pour lui avant même de connaître ses petites habitudes qui font ce qu'il est.
Elle sort la valise de l'armoire, aussi lourde qu'un âne mort, elle se souvient de cette valise bleue et de ce sac-à-dos posé sur le relax de l'aéroport. Tout cela lui semble bien lointain. La valise est évidemment à code comme la plupart des valises d'aujourd'hui. Elle tente plusieurs essais mais en vain.
Monique faisant le guet, l'interpelle.
« Tu en es où Juliette ?
– J'essaie d'ouvrir sa valise mais il y a un code !
– Attends.
Monique saisit son téléphone qu'elle maîtrise maintenant et trouve la marche à suivre sur internet. Elle explique à Juliette en chuchotant.
– Juliette ?
– Oui !
– Tourne les molettes jusqu'à apercevoir un petit trou en face de chacune.
– C'est bon, et après ?
– Regarde le code.
– J'ai 426.
– Alors tu retires 2 à chaque chiffre.
– Quoi ?

– Essaye 204, ça marche ?
– Non !
– Alors essaye 193.
– C'est bon, tu es trop forte Monique, tu nous avais caché tous tes talents ! »
Juliette parvient à ouvrir la valise, elle trouve une lampe de poche, un sac plastique vide et une serviette de plage. Aucun document, pas de téléphone, pas de passeport, pas de billet de réservation. Rien. Juliette est étonnée de ne rien trouver d'autre et se demande où il a pu mettre ses papiers.
Juliette est déçue, elle replace la valise dans l'armoire et se dirige vers les tables de chevet qu'elle fouille, les tiroirs sont vides. Sur le bureau, elle trouve une feuille et un stylo. Elle reconnaît l'écriture. Elle lit :

Tes yeux remplis de gaieté égaient mes journées,
Ton sourire illumine mes nuits,
Ton absence réveille mes peurs refoulées,
Ta présence me laisse entrevoir un infini.

Juliette s'assoit. Une vague d'émotions la submerge. Ce message la réconforte et la renvoie à la certitude d'un avenir à deux, des larmes naissent. Elle poursuit sa recherche revigorée d'espoir, se dirige vers la salle de bain, jette un œil sous le matelas. Une image lui revient, il lui a semblé apercevoir quelque chose de sombre derrière le gilet de sauvetage, dans la penderie. Elle se dirige vers le couloir, ouvre les portes du dressing et aperçoit un coffre-fort, « mais bien sûr », se dit-elle, « pourquoi ne pas y avoir pensé avant ».

Elle pousse le gilet et les chemises suspendues aux cintres et saisit la poignée du coffre qui reste bloquée. De toute évidence, il est fermé, sinon pourquoi y mettre des affaires précieuses.

« Monique ! Tu te souviens du dernier code de la valise ?

– Oui, 193

Juliette tente ses dernières chances, elle tourne les molettes qu'elle règle sur 193. Elle pense entendre un clic. La porte reste fermée.

– Monique !

– Oui ?

– Tu sais ouvrir les coffres ? »

Chapitre 40

Les filles rejoignent tristement le restaurant pour dîner, elles n'ont pas réussi.

La réceptionniste a remercié vivement Jeanne d'avoir pris le temps de ramener cette clé retrouvée par hasard, sur le chemin du spa, ne manquant pas de lui demander si elle avait apprécié son bain.

« Bon les filles on va pas se laisser abattre, on a quand même une excellente nouvelle, Antoine est en vie, c'est ce qui importe, pour le reste j'en fais mon affaire, en tout cas merci infiniment de m'avoir aidée une nouvelle fois. Je vais finir par croire que j'ai une dette envers vous ! dit Juliette embarrassée.

– Non tu ne nous dois rien, c'était vraiment de bon cœur, répond Monique posant un regard bienveillant sur elle.

– Nous n'attendons rien en retour. »

Le dîner se déroule paisiblement aux sons de Boduberu, tambours en bois de cocotier, dont la mélodie des percussionnistes s'accélère jusqu'à devenir frénétique. Les lumières des lampes torches plantées dans le sable dessinent une ambiance envoûtante à la limite entre le réel et l'imaginaire.

Monique pense à son rendez-vous de ce soir, dont elle ne connaît toujours pas le nom. Elle réalise qu'elle est en retard, a tout juste le temps de mettre du rouge sur ses lèvres. Elle a longuement discuté avec Alessandro, insatiable d'anecdotes et de culture. Elle apprécie tant de passer du temps avec lui qu'elle en a oublié l'heure. Elle descend les marches du restaurant d'un pas franc, son cœur palpite. Elle se dirige vers le lounge bar. Un homme est assis seul sur un des canapés. Il l'attend, elle ne voit pas son visage, seulement son dos. La lumière est tamisée et changeante. Ses talons résonnent sur les lames de la terrasse, l'homme se retourne, enfin elle le découvre.

Elle reconnaît Eric, le moniteur de flyboard qui l'accueille avec un immense sourire, « je me doutais que c'était toi Monique, ou plutôt ma Bélouga ! ».

Passées les questions habituelles d'un début de rencontre, la discussion se dissipe. Pas de points communs mis en lumière. Monique s'ennuie à mesure que la soirée avance. Eric, charmant au demeurant, manque de profondeur. Il n'alimente pas la discussion comme elle tente de le faire. Il semble toujours d'accord avec elle, de peur de la vexer. Il lui donne l'impression d'être déjà un vieux couple n'ayant plus rien à se dire, dont l'autre préfère se taire ou acquiescer plutôt qu'exprimer son désaccord et risquer une nouvelle dispute et creuser davantage le fossé déjà trop grand d'un couple en perdition. La rencontre est terne, sans relief. Monique n'est pas préparée à une telle déception et regrette d'avoir quitté Alessandro plus tôt dans la soirée. Après quelques phrases courtoises, elle prend congé et revient vers le restaurant.

Sa place est prise, une jolie jeune femme tient compagnie à Alessandro. Monique interprète et doute. Elle se demande si elle n'a pas été trop présomptueuse de croire qu'il puisse s'intéresser à elle. Elle reste à l'arrêt un moment, ne sachant quoi faire, puis se laissant flouer par son imagination négative, retourne sur ses pas, contrariée. Le découragement l'envahit.

Alessandro observe Monique depuis le restaurant, elle est sur la plage, seule et semble chercher quelqu'un. Il imagine son inconnu la rejoindre et se détourne de la conversation avec Virginie qui, pourtant, s'applique à lui expliquer la recette des bananes flambées. Il a eu un pincement au cœur lorsque Monique l'a quitté plus tôt dans la soirée, et a montré un certain enthousiasme à l'idée de cette rencontre.

La discussion avec Cynthia hante Jeanne qui regagne sa chambre. La responsabilité de son mari dans sa peine dérive maintenant vers la culpabilité de ne pas avoir été à la hauteur. Elle sait qu'elle a failli bien plus qu'il ne le croit, et ne parviendra jamais à se le pardonner. Elle repense à sa lettre qui, sortie du contexte actuel, lui aurait fait beaucoup de bien.

Juliette se dirige vers son bungalow, ouvre la baie vitrée, se poste sur la terrasse dans la pénombre et regarde au loin. Elle observe la nuit étoilée, parsemée de nuages et entend le bruit des vagues. Elle se laisse tomber sur son lit, songeuse. Le vent fait voler le rideau par ondulation. Elle pense à Antoine, seul dans son lit froid d'hôpital, l'imagine contrit de douleur en fin de prise d'antalgiques, le sommeil rythmé par le va-et-vient des infirmières penchées à son chevet. Elle repense à lui, qui a risqué sa vie pour sauver la sienne et imagine ne jamais pouvoir le remercier s'il devait être rapatrié. L'idée de ne jamais le revoir lui est insupportable. Des larmes de gâchis roulent sur sa joue. Elle reste là, immobile dans le silence de la nuit. Le temps absorbe son espoir tel un trou noir. Elle prend conscience de cet état de solitude dans lequel elle s'enfonce irrémédiablement depuis toutes ces années. Un frisson parcourt son dos.

En observant les mouvements de ce rideau volant dans sa chambre, lui vient une idée.

Chapitre 41

JOUR 11

La sonnerie du téléphone de Juliette retentit tôt ce matin. Juliette impatiente, répond immédiatement. Suspendue à la voix du directeur, elle attend la suite avant même qu'il ait débuté ses premières phrases. L'état de santé d'Antoine est maintenant stabilisé, rendant possible le rapatriement sanitaire mis en place par ses proches. Il lui annonce qu'il devrait quitter l'hôpital demain dans la journée, pour retourner en France. Il reste très affaibli et manque de vigilance sous l'effet des traitements.
Juliette est sous le choc, bouleversée par des sentiments contradictoires où s'entremêlent soulagement, douleur et colère. Elle reste sans voix. Le directeur continue de lui expliquer la suite des événements en détail, Juliette n'entend plus. Elle perçoit juste le son de sa voix débiter des phrases dont elle ne saisit plus le sens, abattue. Elle ne s'était pas préparée à une telle nouvelle, restée dans une sorte de dénégation, de savoir sans vouloir croire.
Elle fait glisser son téléphone lentement sur son lit sans raccrocher, prend son visage entre ses mains et réfléchit un long moment. Et, comme une évidence, elle appelle l'aérodrome de Malé armée de son ultime espoir. Elle obtient rapidement des renseignements sur les possibilités de vol privé ainsi que

les tarifs prohibitifs qui l'accablent davantage. Son propriétaire n'ayant pas encore effectué le virement, son compte en banque affleure le négatif. Elle finit par admettre son impuissance et abdique face à tant d'obstacles. Sa désillusion est aussi grande que les kilomètres qui vont bientôt les séparer. Elle reste deux longues heures dans sa chambre. Le temps est enrayé. Elle essaie de se remettre de cette deuxième déflagration que subit son cœur. La première lui ayant redonné l'espoir d'une vie à deux, la seconde, anéantissant tout.
Tout ça pour ça !
A la table du petit déjeuner elle explique son désarroi à Jeanne et Monique qui n'y sont pas insensibles mais manquent d'imagination pour lui venir en aide. Monique raconte sa soirée décevante d'hier à laquelle Juliette répond étonnée qu'Éric semblait passer un bon moment et être proche d'elle physiquement, puisque lorsqu'elle est partie se coucher, elle a aperçu ce bras reposant sur le dossier du canapé, enveloppant ses épaules. Monique l'enjoint de ne pas se fier aux apparences. Elle s'est ennuyée. Le vide et le manque se sont emparés d'elle. Le vide de cette relation creuse sans lendemain avec Éric, et le manque des prémices d'une relation naissante à l'avenir incertain avec Alessandro.
Elle s'est ennuyée d'Alessandro et s'en veut d'avoir cédé sa place, sentiment entremêlé d'un doute qui l'assaille. Elle doute d'une réciprocité et de la possibilité de changer le cours du destin, resté immuable jusque-là. Au tempérament sociable et cultivé, Alessandro doit certainement susciter des convoitises face auxquelles Monique s'avoue vaincue d'avance. Monique pense ne pas faire le poids. Jeanne lui renvoie qu'elle ne devrait pas se laisser aller à l'interprétation de cette scène entre Alessandro et Virginie. Qui lui dit qu'il a

apprécié sa présence ? Juliette a bien cru, à tort, qu'elle passait un bon moment avec Éric.
Monique entend ce que lui dit Jeanne et reprend confiance, nuançant sa lecture.
Pourquoi penser que leur histoire est terminée avant même qu'elle n'ait débuté ?
Qu'elle se laisse une chance !
Et surtout qu'elle se laisse tranquille, anticiper les échecs n'a jamais fait avancer personne. Ses erreurs passées ont laissé des traces, ses comportements réagissent à ces traumatismes qui aujourd'hui l'empêchent d'agir, qu'elle se les pardonne.
La peur n'empêche pas le danger, elle l'entrave dans son désir d'évoluer.
Ses échecs ont été des étapes comme un enfant qui chute lors de l'apprentissage de la marche.
Monique décide de faire confiance à la vie.

Chapitre 42

Un peu plus tard dans la journée, Jeanne et Monique trouvent Juliette allongée sur un transat, à la plage, les yeux plongés dans l'océan. Elles s'assoient à ses côtés, Juliette se décale pour leur laisser de la place. Monique veut lui montrer quelque chose, elle allume son smartphone et télécharge une vidéo. Juliette s'attend à une vidéo amusante comme on en voit sur les réseaux sociaux, mais s'étonne que Monique puisse en être déjà là.
La séquence démarre par une vue sur un ciel bleu saupoudré de nuages, on entend vaguement un bruit lointain. Le cameraman semble suivre un point minuscule volant dans le ciel, Juliette cherche un oiseau, un insecte mais son œil ne perçoit rien de distinguable. Juste un point noir qui grossit à mesure de l'avancée du film. On peut apercevoir maintenant un objet volant, Juliette reconnaît le bruit d'un engin à moteur. Les contours dessinent ceux d'un avion qu'elle distingue avec plus de netteté. Elle reconnaît un petit avion de tourisme, blanc avec une fine rayure rouge longeant toute la carlingue. Elle identifie deux roues noires situées au-dessous de l'avion. Juliette ne comprend toujours pas le sens du film de Monique et s'impatiente. Le cameraman réduit le zoom et se décentre de cet avion. Elle aperçoit alors de fins nuages dans le ciel représentant une forme, non elle se trompe, elle voit des lettres cotonneuses, toute en rondeur. Elle ne distingue pas

le sens de l'écriture. Elle est intriguée par son contenu, se demande pourquoi Monique lui montre une telle vidéo qui pour le moment est aussi inintéressante qu'une partie de curling. L'image grossit, Juliette peut maintenant lire ce qui est écrit. Ses yeux pleurent lorsqu'elle reconnaît un bâtiment ressemblant à tous les hôpitaux et comprend maintenant ce qui se trame.

Elle ne sait comment remercier ses amies pour l'exploit accompli, reste bouche bée, ses yeux humides ne cessant de couler. Jamais on ne lui avait autant donné en aussi peu de temps. Par cet acte, elle entrevoit enfin des relations humaines plus authentiques, comprend pleinement la notion de bienveillance et d'altruisme dont elles regorgent. Et surtout, elle touche à nouveau du doigt l'espoir de retrouver Antoine, avec cette ultime tentative.

Jeanne lui explique que l'aérodrome a fait don de ce vol. Elle a appelé peu de temps après elle et a expliqué la situation, l'accident, l'hospitalisation. Un pilote a entendu la discussion, il a tout de suite fait le lien avec l'accident de bateau, lu dans un article du journal local. Il avait été ému par le courage de cet homme, faisant écho à sa propre histoire. Il avait lui-même été secouru par d'autres, lors du crash de son avion quelques années auparavant, dont il était sorti miraculé. Une personne était décédée. Il souffrait lui aussi du syndrome du survivant tatoué en lui, culpabilisant d'être en vie à la place de l'autre, de cet autre qu'il aimait tant, un ami d'enfance qui avait voulu voir l'océan d'en haut. Il n'a pas pu se pardonner, a longtemps cru à une erreur de pilotage, n'a pas dormi des mois durant. Réveillé la nuit par ses cauchemars, endormi le jour, épuisé par des flash-backs du traumatisme. Il s'est remémoré mille fois la scène et ne comprenait pas d'où venait l'erreur. Il a cru que son traumatisme crânien avait effacé ce moment primordial de l'accident à moins que ce ne soit sa conscience, pour se protéger de cette affreuse culpabilité, laissant planer un doute.

L'expert est venu examiner l'appareil quelques mois plus tard, d'une attente interminable. L'avis est tombé, il s'agissait d'une défaillance du moteur. L'avion s'est embrasé peu de temps après le crash. Il a été secouru et recueilli par des villageois. Il les a longtemps cherchés pour les remercier mais en vain. Il a passé une annonce dans le journal mais personne n'y a répondu.

Il n'a jamais pu réparer.

Lorsqu'il a compris ce qui se jouait au téléphone entre Jeanne et le standardiste, il a saisi le combiné pour confirmer ce qu'il semblait avoir compris. Instinctivement, il s'est senti investi d'une mission, faire voler son avion. Connaissant l'hôpital pour y avoir séjourné après son accident, il savait exactement où se situait le service de réanimation. Il s'est préparé à décoller un peu plus tard dans l'après-midi, appliquant les mêmes gestes qu'à l'accoutumée, l'engagement personnel en plus. Inévitablement, le destin lui apporte cette mission à accomplir pour cet homme qui a frôlé la mort, mais aussi d'une manière plus large, pour l'humanité. Une volonté de diffuser au monde non pas son acte mais son engagement pour encourager la solidarité, dont il est seulement un maillon de la chaîne. Le principal message est « à vous d'être le suivant ». Son vol a été filmé dans l'anonymat et sera diffusé sur les réseaux sociaux.

Il ne veut pas être cité, juste semer le plus loin possible des graines d'altruisme, comme un appel à l'humanisme. Un don gratuit dont on n'attend rien en retour tel un artiste de rue disséminant des poèmes non signés. Le skytyping a été filmé depuis la terre ferme, par son ami Anaan. Il aime cette idée de faire naître l'entraide qui est en chacun. S'il peut apporter sa pierre à l'édifice de la philanthropie, il est partant les yeux fermés.

Chapitre 43

JOUR 12

Antoine ouvre les yeux puis les ferme en alternance, ébloui par la lumière, sa bouche est sèche, il perçoit des bruits réguliers derrière lui, les murs de la pièce sont vert d'eau.
Il comprend où il est.
Il est allongé sur un lit métallique, large et confortable, une tubulure sort de son bras gauche.
Il entend une femme crier au loin.
Sa tête est douloureuse, sa main se dirige vers son ventre, il effleure un pansement qui réveille une douleur intense.
Il entend la poignée de la porte s'ouvrir. Une infirmière rentre et lui sourit, elle vient lui changer sa perfusion. Elle s'attarde pour lui expliquer, dans un bon anglais, la raison de son hospitalisation.
La mémoire lui revient avec lenteur. Il se souvient avoir pris l'avion, s'être assis à bord d'un bateau et avoir nagé dans une eau agitée.
Puis le trou noir.
Rien d'autre.
Il se redresse dans le lit et boit quelques gorgées d'eau. L'infirmière remet en place son oreiller et actionne la barre de redressage du dossier. Elle s'éclipse.

Antoine se trouve livré à ses pensées, il s'efforce de se souvenir. La mémoire immédiate lui fait défaut, Il ne trouve pas son téléphone sur sa table de chevet, qu'il cherche pour y lire la date.
Le temps est à l'arrêt.
Il se demande comment il a pu en arriver là, dans ce lit d'hôpital avec ces douleurs et si loin de chez lui.
Il se souvient avoir pris l'avion au départ de Paris, ses vacances devaient se dérouler avec Agnès mais il n'en a pas le souvenir.
Les anfractuosités de sa mémoire l'intriguent et l'angoissent. Le médecin lui fait comprendre qu'il devra être patient après le traumatisme qu'il a subi. Le chemin de sa mémoire ressemble à une route remplie d'ornières. Antoine essaie de les colmater, le questionnant davantage. Il lui répond qu'il était en stade deux de noyade, associé à une hémorragie, raison de son intervention chirurgicale et de sa fatigue actuelle. Son corps a besoin de repos.
L'annonce le secoue violemment.
Il réalise qu'il a frôlé la mort.
Le médecin lui annonce qu'il a sauvé une vie grâce à son courage. Elle était, elle, en stade quatre de noyade, en arrêt cardio-respiratoire. Une miraculée. Antoine n'a absolument aucun souvenir. Il lui demande si cette personne se prénomme Agnès, le médecin le corrige et parle d'une certaine Juliette. Antoine est désemparé, il ne connaît aucune Juliette. Le médecin l'ausculte méthodiquement, les poumons, le cœur, sa cicatrice, il semble satisfait de l'examen, et le note dans le dossier qu'il tenait en rentrant dans la pièce.
L'infirmière lui demande son accord pour organiser son rapatriement décidé par sa famille. Il sera sous surveillance

médicale, un médecin viendra spécialement de France. Il doit se décider rapidement.

Antoine, assommé de tant d'informations, demande un temps de réflexion.

Il retrouve le silence de la chambre, son esprit s'embrume. Ses paupières se ferment par intermittence au gré de sa fatigue. Cet état de demi-sommeil l'empêche de réfléchir de manière constructive. Sa pensée divague, sa mémoire toujours perdue.

Une aide-soignante entre pour apporter son plateau repas. Manquant d'appétit, il ne demande qu'un plat, on lui demande d'essayer de s'alimenter par petites quantités, sans se forcer. Antoine picore quelques bouchées de ce plat pourtant appétissant, un mélange de thon et de purée de pomme de terre.

Dans le silence de cette chambre d'hôpital, seul, fourchette à la main, Antoine réfléchit. Il ne comprend pas l'intérêt de rester davantage ici, loin des siens.

Après un moment de somnolence, il se réveille. Il lui semble que quelques heures sont passées, il n'en est pas sûr mais la lumière de la chambre a changé. Il pense être en fin d'après-midi.

Le médecin revient pour connaître sa réponse au sujet du transfert. Un vol décolle demain, il pourrait être en France dans deux jours si l'on compte les escales. Il lance mentalement un dé tombant sur cinq, le chiffre l'amenant au bord du précipice.

Antoine accepte.

L'aide-soignante a déposé une collation réservée aux occidentaux séjournant à l'hôpital, sur le rebord de sa table pendant son sommeil. Il reconnaît un tiramisu. Il se souvient alors de ceux préparés par sa grand-mère mais aussi en avoir

mangé récemment. Il s'étonne de ce détail. Il se demande si ce clin d'œil gastronomique va encourager sa mémoire à se souvenir en faisant appel à ses sens.
Au même instant, il entend un bruit de moteur d'avion. Il détourne son regard vers la fenêtre, au loin il aperçoit l'océan et le soleil au zénith. Il reconnaît un petit avion de tourisme, blanc avec une fine rayure rouge longeant toute la carlingue. Il identifie deux roues noires situées au-dessous de l'avion. De la fumée en sort. Il ne comprend pas ce qu'il voit. Il pense d'abord à une hallucination, causée par les antalgiques comme chez pépé Jean trois ans auparavant, opéré d'une fracture du col du fémur. Il avait cru voir des vaches dans le parc de la clinique et le bouton rouge de la télévision l'épier.
Son regard fait des va-et-vient entre l'écriture floue et le soleil tout près. Il parvient à lire maintenant, un mot écrit en français « Merci Antoine. »
Le message est signé d'un « Juliette ».

Chapitre 44

Jeanne repense à l'entrevue avec son avocat, lui insufflant l'idée de demander une prestation compensatoire, liquider les biens communs et choisir entre le licenciement ou le maintien en poste de son mari. Sur un air d'opéra de Verdi, *Addio del Passato,* qu'émet son téléphone portable, son esprit alterne entre ces deux positions. Lorsqu'elle s'enfonce dans sa réflexion, elle oscille entre le désir de vengeance et le choix du pardon.

Un désir de vengeance à portée de main pour le faire payer du mal fait, de l'offense, de la douleur reçue. Son mari va ressentir de la colère de s'être ainsi fait évincer de l'entreprise dans laquelle il s'est tant investi, au point d'y laisser son couple, et dont les bons résultats sont le fruit de son travail acharné. Elle se dit qu'agir de la sorte serait se comporter tel qu'il l'a fait, susciter le ressentiment pour venger le sien, froidement, sans faire dans les sentiments. Cette vengeance effacerait la dette de son mari volage. Elle se demande si le bénéfice escompté de ressentir sa peine amoindrie, sera atteint. Elle est sceptique que l'on puisse remettre les compteurs à zéro aussi facilement. Elle n'a jamais fait de mal autour d'elle et ne souhaite pas faire partie de ces gens-là. Elle s'interroge sur la possibilité et le sens de guérir une douleur, une rancune, une amertume en passant par la souffrance d'autrui. D'autant plus que ces dettes ne sont pas égalables tant leur intensité et leurs répercussions sont incomparables. Elle s'imagine au contraire, porter sa colère alourdie de la culpabilité de l'avoir blessé par vengeance. Une dette amoureuse ne s'efface pas aussi rapidement de la mémoire, d'un simple revers de main. Elle laissera des traces, s'enkystera et ressortira des années plus tard, telle une plaie mal soignée dont la cicatrice se réouvre lors de la prochaine chute. Opter pour ce chemin serait faire erreur autant pour lui que pour elle.

D'une union délicieuse, remplie de projets et d'amour naîtrait alors une colère sourde et constante. Il n'en découlerait que des tensions, des lettres d'avocat, un procès prud'hommal peut être, un épuisement pour les deux ou trois prochaines années. De leur amour originel, resterait une rancœur sournoise et mesquine tapie au plus profond d'eux. Ses erreurs ne justifient pas de lui faire vivre cela, tout comme elle ne mérite pas d'endurer indéfiniment une colère la rongeant.

En revanche, si elle fait le choix de le maintenir en poste, il ne sera pas lésé. Elle seule le sera. Il se retrouvera alors dans la situation d'une double dette de lui envers elle, une amoureuse, du fait de la trahison et une professionnelle, du fait du maintien de poste. A-t-on le droit de nuire financièrement, socialement ou professionnellement à quelqu'un parce que l'on se sent abîmé affectivement ? Se demande Jeanne. Elle aboutit au constat qu'au bout de la vengeance, se trouvera l'impasse du ressentiment et de la colère qui ronge éternellement. Mieux vaut prendre un autre chemin, celui de la raison, du respect, pour s'élever et ne pas tomber dans la bassesse de la vengeance, se situer au-dessus de cette forme de déchéance destructrice. Elle ne s'estime pas plus intelligente que les autres mais ne veut pas ressembler à celles qui mènent la vie dure à leur ex-mari parce qu'elles ont été délaissées. La haine est la colère des plus faibles, dit-on.

Lui seul aura une ardoise qu'il essaiera d'effacer au mieux à coup d'excuses, le connaissant. La culpabilité d'avoir fait voler en éclat trente ans de vie commune, l'assaillira en tout cas les premiers temps. Ce sera à lui alors de faire un travail de remise en question, de prise de conscience des conséquences de ses actes. Pas pour s'excuser mais pour s'expliquer. Il le lui devra.

Elle ne demandera rien et ne fera rien. Elle comprend que leur couple en est arrivé là en partie à cause d'elle et de l'usure du temps qui passe. Mais c'est bien lui qui a fauté, il en est le seul responsable, c'est factuel. Néanmoins, elle a sa part de responsabilité à endosser, aussi lourd que cela puisse lui paraître. Est-ce là le chemin du pardon dont lui a parlé Cynthia l'autre jour ? Cette idée l'apaise, elle ne ressent plus cette aigreur dans l'estomac, cette tension dans ses cervicales et ses douleurs dans les mâchoires. Reste à l'apprivoiser.

La culpabilité est là, immobile, sur le seuil de la porte, prête à l'envahir. Elle est passé de la responsabilité à la culpabilité. La responsabilité de son mari d'avoir fauté et sa culpabilité partagée d'avoir laissé œuvrer le temps qui passe et qui sépare. Comment trouver un entre-deux ? En trouvera-t-elle un ? Existe-t-il ? C'est ce qui lui reste à découvrir. Ils passeront ainsi d'une union aimante à une séparation plus sereine, accablés seulement par la fatalité. Et si la fatalité pouvait être cet entre-deux ? La faute ne serait reportée sur personne, juste sur le temps qui passe et qui érode la roche au bord de l'océan. Malgré de grands travaux d'enrochement, la falaise se dissout comme peau de chagrin, inéluctablement, se fissure au début à coup de reproches réciproques colmatés par de doux moments de réconciliations, puis s'effrite davantage par la rancune du quotidien accumulée et se disloque par de graves trahisons, notamment inavouées. Le silence est bien plus destructeur, dont le vent soufflant fortement éteint les petits malentendus mais attisent les plus grands.

Jeanne en arrive à se demander si ce constat ne les dédouanerait pas d'une quelconque responsabilité. Elle s'interroge sur ce qu'ils auraient pu faire pour éviter d'en arriver là. Elle approfondit cette question même si elle s'éloigne de sa problématique. Elle se dit que certains couples entretiennent la complicité, le respect, sont présents au moment des épreuves..., d'autres s'accommodent avec la routine qui par certains côtés les rassurent, d'autres ferment les yeux sur des trahisons et surmontent, alors que d'autres ne le peuvent pas. Il n'y a pas de recette du bonheur ou de longévité, chacun doit inventer la sienne. Elle se demande comment être à nouveau heureuse après une telle épreuve, comment redonner du sens à son existence. Elle doute de ses propres facultés de résilience.

« Elle verra bien se dit-elle, l'avenir le lui dira. »

Chapitre 45

JOUR 12

« Bonjour,
Nous ne nous connaissons pas et pourtant nous sommes si proches. Nous ne nous sommes jamais rencontrés mais il s'agit de mon vœu le plus cher.
Tu fais déjà partie de mon cœur à défaut de faire encore partie de ma vie. Je t'ai cherchée de longs mois durant.
C'est ému que j'ai appris l'immense chance d'être père.
C'est ému que je t'apprends que je suis ton père.
Ton père François. »

Juliette a relu cette lettre des centaines de fois depuis son réveil. Un frisson lui traverse le corps, elle remonte sa couverture sur ses jambes. Paradoxalement, elle est partagée entre le désir de le rencontrer, et l'amertume de tous les moments qu'ils n'ont pas passés ensemble. Un immense gâchis à ses yeux. Elle repense à tous les souvenirs qu'elle n'aura pas eu avec lui. Ses premiers pas, ses premières dents de lait, sa première rentrée d'école et les suivantes, ses cauchemars, son doudou, les histoires du soir, le bisou du matin, la musique qu'elle aime tant, les randonnées en montagne, les plateaux télé, les séances cinéma-pop-corn, lui apprendre à faire du vélo, à nager, à faire du roller, les virées en vélo, les pique-niques, les châteaux de sable, les bombes dans la piscine, les parties de Uno ou de Mille bornes, monter sur ses épaules un jour de concert, les feux d'artifice, les premières boucles d'oreille, le vernis mis en cachette tombé sur la moquette, le bazar dans la chambre, le jour où Gabin l'a mordu dans la cour de l'école, les premières éraflures au genou, les devoirs, la première mauvaise note et les meilleures, le mot dans le cahier, l'odeur de cigarette, les premières mini-jupes, faire le taxi à minuit devant le cinéma, la laisser sortir seule le soir, le bac, le premier chagrin d'amour, le code, le permis, le premier appartement et les galères...

Le temps ne pourra pas être rattrapé, jamais. Elle a grandi dans le vide et s'est construite dans le manque.

Elle a son adresse mail, il lui serait très simple d'y répondre. Mais elle a besoin de temps, elle se dit qu'ils ne sont plus à quelques jours près. Elle a besoin de digérer la nouvelle, d'apprécier la rencontre si elle la choisit. Elle se dit qu'elle a le droit de faire le choix de ne jamais le rencontrer, elle a vécu sans lui jusque-là et pourrait très bien continuer. Une autre voix lui dit qu'il serait dommage de ne pas saisir l'opportunité, maintenant à portée de main. Ce jour si espéré, rêvé et attendu. Elle a imaginé cent fois son père, en héros souvent, pour lui donner une bonne raison de l'avoir abandonnée, si tant est qu'on puisse en trouver une. Juliette a aussi tenté, de son côté, de retrouver ses parents biologiques, malgré des recherches acharnées, toutes les portes se sont fermées tour à tour, la laissant dans le désarroi le plus total.

A quatorze ans, elle a remué ciel et terre pour les retrouver, puis la colère s'est dissipée mais est restée enfouie, une colère tenace. Elle alimente l'impossible pardon. Elle se demande comment pardonner à des personnes qui l'ont rejetée dès son premier jour de vie, à des parents qui n'ont pas voulu l'aimer.

Elle a essayé de leur trouver des circonstances atténuantes, elle s'est imaginé une mère trop jeune pour l'être, enceinte d'un enfant illégitime ou pire, mais ce pire, elle l'a rayé de sa tête, l'idée lui était insupportable. Petite elle s'est inventée mille vies, des parents riches à la vie surchargée ne laissant aucune place aux obligations parentales, voyageant à travers le monde mais qui prévoyaient de revenir la chercher dès qu'ils en auraient le temps, elle se voyait princesse.

Elle a cru un moment être la fille illégitime de la femme de sa famille d'accueil enceinte de son amant mais qui, ne voulant pas risquer son mariage, aurait préféré faire croire à son mari que Juliette était une enfant adoptée. Elle a même imaginé ses parents décédés dans un dramatique accident de voiture, caché par tous pour lui laisser l'espoir de les retrouver. Il ne lui restait plus que l'espoir pour vivre.

Cet espoir est maintenant à portée de main.

À une époque, elle l'aurait saisi au vol sans se poser de questions. Aujourd'hui elle hésite, a peur d'ouvrir des blessures béantes. Elle se questionne sur une possible réparation, se dit qu'ils ne pourront jamais retricoter leurs vies faites de tant de mailles perdues. Ils pourront au mieux rafistoler. Le pessimisme de Juliette l'empêche d'y voir clair. C'est l'ascenseur émotionnel en elle, à la limite de l'implosion.

Chapitre 46

JOUR 12

Juliette arrive chez Monique complètement perdue et déboussolée par la tournure que prend sa vie. Il lui semble que tout part à vau-l'eau, qu'elle n'a plus aucun repère, comme une maison sur pilotis perdue au milieu de l'océan à laquelle il manque des piliers, les fondations menaçant de s'effondrer. Elle sent les murs s'effriter et l'air s'engouffrer dans un toit éventré. Monique la laisse parler, ne comprenant pas la totalité de son récit, tente de recoller les morceaux à fur et à mesure, de reconstituer le puzzle.
Juliette a perdu quelqu'un qu'elle commençait à aimer mais qu'elle ne reverra pas, et a retrouvé quelqu'un qu'elle commençait à oublier mais qui veut la revoir. Elle parvient à nommer ce sentiment si étrange qu'elle ressent depuis quelques jours pour Antoine, ce sentiment si étranger.
La vie est faite de surprises inattendues. Comme si elle n'avait pas déjà son lot de malheurs à gérer, ce père venait en rajouter une couche. Elle se sent tiraillée et épuisée, lasse de ces problèmes à répétition, et pour une fois dans sa vie, aspire à la tranquillité. Une vie simple, sans ombre ni inconnu. Tant pis pour l'ennui de la routine, juste du calme.
Elle explique maintenant à Monique avoir reçu une lettre de son père biologique. Il lui en avait déjà envoyée une il y a

quelques semaines, laissée sans réponse, ayant préféré l'occulter. Elle ne trouvait pas l'inspiration ni la force de lui écrire. Lui écrire quoi ? Ils n'avaient rien en commun hormis des gènes. Passées les questions usuelles du lieu d'habitation, du métier et de sa vie probablement refaite au côté d'une femme, d'enfants et peut-être de petits enfants, quelle place aurait-elle dans cette fratrie inconnue ? Elle ne voulait pas prendre la place d'un cheveu sur la soupe, d'une pièce rapportée. Ses mots qu'elle prononçait était douloureux à entendre, encore plus douloureux à entendre qu'à penser.

Quelle place pouvait-elle avoir face à un ou deux enfants qu'elle imagine plus jeunes, des demi-frères ou demi-sœurs sans aucun souvenir, aucun lien tissé avec elle ? Au mieux, les rapports pourraient être proches un temps puis le fossé les séparant les auraient inéluctablement éloignés. Au pire, le rejet. Elle ne le supporterait pas. Les liens semblables à un élastique qui finissent par lâcher du fait de l'éloignement, rajoutant une nouvelle blessure. Surtout pour elle. Eux n'ont pas manqué d'amour de la part d'un père, et encore moins de l'amour d'une sœur disparue, puisqu'ils ne connaissaient pas son existence. Ils n'ont pas de plaie à cicatriser vis à vis d'elle. Elle s'est imaginée avoir des demi-frères et demi-sœurs, a comptabilisé tout ce qu'elle ne partagera jamais avec eux. Un autre manque affectif qui s'ajoute. L'addition est lourde.

Monique tente de la raisonner, lui dit qu'elle n'a rien à perdre, elle peut très bien rencontrer son père sans rien attendre de plus. Vivre avec des regrets est plus difficile qu'avec des remords. Si elle ne le rencontre pas, elle ne saura jamais qui il est, elle ne mettra jamais de visage sur ce père, ni de sourire, ni de personnalité sur ce nom. Ce choix lui appartient, à elle seule, personne ne peut le faire à sa place. Juliette a peur de

ce qu'elle risque de découvrir, de se détacher de l'image romancée qu'elle s'est forcée à croire sur ses parents à la vie trépidante, pour que le manque soit plus doux.
Et si jamais elle était déçue, et si jamais il ne venait pas au rendez-vous, et si jamais il ne lui plaisait pas humainement parlant...comment se reconstruire avec un père encore abandonnique...et si jamais...elle ne lui plaisait pas.
Juliette a peur de voir le lien fort entre ce père et ses possibles enfants nés après elle, comment va-t-elle réagir lorsqu'elle fera le constat d'une complicité réciproque, de l'évocation de souvenirs partagés, comment ne pas sombrer dans une forme de mélancolie et d'injustice indélébiles ? C'est elle qui risque le plus gros dans cette histoire parce qu'elle a manqué de tout et parce que tout le monde lui a manqué.
Ce père ne peut évidemment pas lui assurer une suite favorable à leur premier rendez-vous, il lui fait part de sentiments, de son envie de faire sa rencontre. Elle réalise tout à coup, qu'il n'a pas dit la connaître. La connaître aurait voulu dire la rencontrer et la revoir. Une seule rencontre ne suffit pas pour connaître quelqu'un. On ne connaît vraiment les gens qu'en passant du temps avec eux, dans le partage. Il ne peut être le garant à lui tout seul, d'une relation future sereine, confiante et solide entre eux deux. Et si jamais la rencontre se faisait, comment construire un lien dans la confiance, quand la première, l'originelle, s'est soldée d'une rupture brutale, abyssale ?
Elle pense également aux grands-parents paternels avec lesquels elle pourrait faire connaissance, s'ils sont encore en vie, elle pense au reste de la famille, les oncles, tantes, cousins, cousines... L'ampleur du travail l'assomme. Elle se demande si cette famille pourra dépasser le regard de pitié ou pire en-

core, de jugement que l'on peut porter sur un enfant illégitime si tel était le cas, avec tout ce que cela renvoie en termes d'interdit, de péché, de naissance hors mariage, d'union clandestine honteuse.

Elle ne connaît toujours pas la raison de son abandon, du premier jour de sa vie. Le père dit dans sa lettre qu'il vient de connaître son existence, elle s'interroge sur sa franchise. Il pourrait être un père repenti, arrivé maintenant à l'âge où l'on fait ses comptes avec soi-même, ne supportant plus la trop lourde culpabilité de sa lâcheté.

À l'opposé, son père pourrait être sincère, écarté sur le champ de la place qui lui incombait, sans avoir eu son mot à dire. Juliette se demande comment il peut affirmer être son père, aucun test génétique n'a été fait. Elle est interpellée à l'idée d'avoir pu dire pour la première fois « son » père. Jamais elle n'avait pu le penser, encore moins l'exprimer. Elle est assaillie d'innombrables questions, son esprit tourne et vire, indécis.

Jusque-là elle subissait passivement la situation. Aujourd'hui on lui demande de se positionner, de faire le choix de repousser ce père ou au contraire de l'accueillir dans sa vie à la mesure de sa force. Elle arrive finalement à la conclusion qu'elle a besoin de comprendre la raison, de connaître ses origines, de mettre du sens, elle se le doit. L'enjeu est important, il en va de sa survie psychique.

Chapitre 47

Antoine est installé dans l'avion, le médecin est à ses côtés, surveillant ses constantes. L'avion décolle, il quitte Malé et l'hôpital qui l'a fait renaître de ses cendres. Peut-être en sortira-t-il plus fort ?
Il a dit au revoir au personnel soignant, disponible pour ses soins et l'organisation de son départ respectant sa décision, celle de rentrer. Son abdomen lui fait mal, sa cicatrice tiraille mais c'est le cœur aussi léger qu'une plume de canari, qu'il s'envole. Il a déjà hâte d'arriver, il sait qu'il va lui falloir de la patience, rester tranquille le temps du vol comme lui répète le médecin à ses côtés, lorsqu'il essaie de regarder sans cesse par le hublot. Il aperçoit l'océan, majestueux de beauté. Il ne lui en veut pas. L'homme est bien petit face aux éléments. Bien bête serait celui qui voudrait les braver.
La force de la nature rend humble, remet l'homme à sa place de mortel. La nature reste là immuable ou presque, sa puissance en tout cas. Il repense à Agnès qui l'attend, à ses parents qu'il vient d'avoir au téléphone, rassurés de l'évolution favorable de son état. Ils étaient prêts à venir jusqu'ici, sa mère avait déjà sorti la valise du grenier et son père avait repéré les prochains vols.
Il a dit « au revoir » à son voisin de chambre, Norbert, un touriste comme lui, hospitalisé pour un œdème de Quincke suite à une piqûre d'une sorte de frelon. Sa gorge avait enflé au point de manquer d'air. Il a pu lui confirmer qu'il avait

bien récupéré, à en écouter ses ronflements qui l'ont bercé toute la nuit dernière.

Norbert vient de Belgique, d'un petit village près d'Anvers. Les soignants les ont mis ensemble car, pour eux, ils habitent la même région. Ils ont ri sachant qu'un peu moins de 400 kms séparent Paris et Anvers. Ils ont bien compris que la France et la Belgique, c'est pareil vu d'ici. Norbert est venu avec son épouse pour fêter leurs trente ans de mariage, une nouvelle lune de miel en quelque sorte, offerte par les enfants qui n'ont pas oublié de prendre de ses nouvelles. Norbert s'estime heureux d'avoir une famille, la santé... Le malheur ne les a pas encore foudroyés. Il compte bien profiter de la vie. Il est aussi touchant qu'un oncle habitant à l'autre bout de la France, que l'on ne voit qu'aux fêtes de famille, mais dont vous pensez ne jamais l'avoir quitté. La distance ne se creuse jamais avec l'éloignement. Le sourire est toujours là, sincère. Norbert a cet engouement, cette proximité avec les gens et cette humeur constante très appréciable.

Au moment du départ, Norbert lui a dit en riant, « Prends soin de toi mon grand, mes amitiés à ta femme ! ». Antoine, esquissant un sourire, n'y manquera pas. De la boutique de l'hôpital, Antoine lui a demandé de lui ramener une fleur, celle qu'il trouverait peu importe, juste une fleur. Norbert, enchanté à l'idée de lui rendre service et de se dégourdir les jambes, lui a ramené une fleur de lys, symbole de noblesse des sentiments. Elle peut tenir tout le voyage à condition d'entourer les tiges d'un linge humide, lui a dit la fleuriste. Antoine enserre cette fleur contre lui durant le vol, et égrène chaque seconde qui passe.

L'avion se pose tout en douceur, comme sur du velours. Il a hâte de s'en extirper. Il doit attendre l'arrêt complet de l'appareil puis que les portes s'ouvrent enfin. Le médecin l'aide à sortir et à descendre les quelques marches pour rejoindre la terre ferme. Un groupe de personne l'attend. Un visage se détache, celui de Juliette, son visage éclairé d'un sourire de sollicitude. Elle est là sur le ponton en présence de Monique, Jeanne, Alessandro, le directeur et Cynthia. Il les reconnaît. Antoine s'avance d'un pas chancelant vers Juliette qui saisit la fleur de lys tendue, les yeux remplis de larmes, cette fois-ci de bonheur. Le bonheur des retrouvailles tant attendues.

Juliette aide Antoine à marcher jusqu'à son bungalow, les autres portent les quelques effets personnels d'Antoine. Le médecin quant à lui, passe le relais à celui de l'hôtel qui viendra plus tard voir Antoine pour s'assurer de son état, puis regagne l'hydravion qui les a conduits jusqu'ici. Antoine en oublie ses douleurs, tellement ce moment est rempli de bonheur et de joie, qui inondent l'hôtel. Il se laisse tomber sur son lit, Juliette lui cale un oreiller derrière le dos et s'assoit près de lui pour savourer ce moment.

Le téléphone mural retentit, Agnès lui demande des explications quant à son changement de décision. Son rapatriement était organisé, elle s'est démenée pour lui.

« C'est trop tard Agnès, lâche Antoine déterminé.

– Comment ça c'est trop tard ? Lui répond-elle froidement, exigeant des comptes.

– Nous deux, c'est trop tard, tu m'as fait attendre, trop attendre, je me suis épuisé et entêté à espérer un moment qui n'est jamais venu. Agnès nous n'avons jamais été ensemble, tu as voulu m'y faire croire parce que ça t'arrangeait de m'avoir sous la main quand tu avais besoin de moi. N'insiste pas, je t'en ai déjà parlé il y a quelques jours, je pensais pourtant avoir été bien clair avec toi, et tu m'avais pourtant assuré avoir compris. Je tiens quand même à te remercier, j'ai réalisé à quel point je ne t'aimais pas dans le fond, j'aimais l'illusion d'un couple que nous n'étions pas, l'illusion d'une vie à deux finalement impossible à tes côtés. Je rêvais d'un amour sincère et solide qui traverse les bons moments comme les épreuves. Tu m'as pris pour un con, et je n'ai rien vu venir. Agnès, nous n'étions qu'une chimère, nous n'avions pas d'avenir ensemble. Tu ne m'aimes pas et tu ne m'as jamais aimé. Je t'ai couru après et je prends conscience que j'aurais couru après n'importe quelle femme qui serait passée sur mon chemin, animé par l'envie d'être aimé, comme une liane à laquelle on s'agrippe pour éviter la fosse aux lions. Je ne veux plus être cette personne-là. Grâce à toi, je suis un autre homme. Agnès, c'est terminé, ne m'attends pas, ne m'attends plus. Au revoir Agnès. »

Antoine raccroche, s'en suit un grand silence que Juliette respecte. Le silence de rupture d'une histoire qui se termine sur la pointe des pieds avant même la levée de rideau. Le néant après le néant. Juste de l'espoir évaporé.

Antoine explique à Juliette comment sa mémoire lui est revenue, l'avion, le message, son prénom, le soleil, sur un goût de tiramisu. Elle se rappelle qu'il est synesthète, que les mots ont une couleur.

Le médecin de l'hôpital a accepté de le laisser sortir à condition qu'il soit surveillé par le médecin de l'hôtel.

Juliette s'en chargera elle aussi, elle y compte bien.

Chapitre 48

Monique se fait belle, sait-on jamais. Elle a emprunté des talons à Jeanne et une robe à Juliette n'en ayant pas d'aussi belle, ou plutôt n'en ayant pas. Elle n'en met jamais pour ainsi dire.
Elle a lâché sa longue chevelure aux reflets châtains. Elle plaque son rouge à lèvres et se parfume à la vanille. Elle espère croiser Alessandro ce soir. Elle se dirige d'un pas assuré vers l'espace lounge. Le serveur lui sert une boisson directement au bar. Assise sur ce tabouret haut, elle tente de se mettre à l'aise, en s'amusant avec sa paille. Elle attend. Elle observe une femme assise à la table d'à côté, elle porte une combinaison orange moulante avec des talons hauts, ses jambes croisées dépassent sur le côté, son dos est droit, elle sourit et est penchée vers l'homme qui lui fait face. Elle semble affirmée, très sûre d'elle. Monique sait qu'elle ne pourra jamais avoir autant d'assurance, tout comme elle ne pourra jamais faire plus de deux pas avec des escarpins aussi vertigineux sans les coincer entre les lames de la terrasse. Elle doute d'elle-même tout à coup.
Elle a décidé de laisser faire le hasard. Elle n'a pas touché un mot à Alessandro de sa présence ici. L'effet de surprise lui fera entrevoir la sincérité d'Alessandro à son égard. Au loin, le ciel s'empourpre de mille feux, le soleil se couche et clôture cette nouvelle journée dont elle voudrait qu'elle se termine favorablement. Son esprit lui joue des tours, elle se perd dans

les méandres de l'idéalisation et l'imagination. De quoi risquer d'être déçue. Elle se ressaisit et se recentre sur l'instant présent.

Son regard est attiré par des éclats de voix, elle aperçoit Alessandro. Il marche en compagnie de Virginie, en pleine discussion. Son sang ne fait qu'un tour. Monique se remet à douter et à interpréter. Elle attrape maladroitement la paille de son verre. Cela ne fait que confirmer ce qu'elle avait pressenti hier soir. Un mal-être la saisit, elle se sent boudinée subitement dans cette robe qui n'est pas la sienne, à une place qui n'est pas la sienne. Une usurpatrice, voilà ce qu'elle est. Elle le savait. Ses vieux démons refont surface.

Alessandro lui fait un signe de la main, surprise, elle le lui rend avec un décalage. Elle se demande si Alessandro l'a perçu et ressenti comme un repoussoir. Il salue et congédie Virginie en s'approchant de Monique, souriant. Monique est déçue lorsqu'il lui explique qu'elle l'a sauvé de Virginie dont la présence est envahissante par ses bavardages incessants, il ne savait comment s'en défaire. Elle aurait préféré qu'il lui dise qu'il voulait la rejoindre et non fuir Virginie. Ils s'éloignent du bar et prennent place dans un des canapés. Monique passe devant lui, la démarche hasardeuse du haut de ses petits talons. Alessandro porte élégamment une chemise, elle sent son parfum de qualité dont elle aime la fragrance. Elle reconnaît une note boisée soulignée d'une bonne dose de musc. Ses cheveux sont coiffés simplement. Monique remarque ces détails qui ne trompent pas, elle espère seulement qu'elle était dans ses pensées lorsqu'il s'est préparé.

Contre toute attente, Virginie revient et s'installe avec eux naturellement, ne voyant pas les échanges de regards gênés de Monique et Alessandro. Elle explique avoir ramené des serviettes en papier du restaurant dans sa chambre dans un

but écologique et économique. Elle leur raconte avec beaucoup d'enthousiasme et sans aucune censure, comment elle a essayé de faire rire sa nièce de quatre ans qui venait de perdre son hamster, en imitant le crapaud dans le jardin de ses beaux-parents, le jour de Noël. Elle va même jusqu'à le mimer devant leurs yeux dubitatifs, dans la pelouse de l'hôtel. Ils voient alors Virginie sauter régulièrement et joindre parfaitement ses mains et ses pieds à chaque bond, le tout accompagné d'un bruitage ne laissant aucune place au doute. Monique rit d'un rire complice avec Alessandro. Virginie poursuit son monologue en leur expliquant comment elle collectionne les bons d'achat et ne jure que par les tableaux Excel pour faire ses comptes dont elle estime, fière d'elle, la justesse au centime près. Avant de faire creuser sa piscine elle explique avoir comptabilisé frénétiquement sur son calendrier, le nombre de jour suffisamment ensoleillé pour une baignade potentielle, qu'elle a rapporté au prix des produits d'entretien, pour en évaluer la rentabilité mensuelle et même journalière, qu'elle a imagée à l'aide d'un graphique multicolore. Monique croise le regard d'Alessandro dont la bouche dessine un sourire, auquel elle répond en miroir. Monique trouve Virginie fantaisiste mais touchante, arrive même à apprécier son rire communicatif. Mais Virginie doit les laisser, elle a rendez-vous avec Gérard déjà assis deux tables plus loin. Gérard fait signe à Monique en souriant, elle lui répond et remarque qu'il porte une belle chemise, elle est satisfaite pour lui.
Alessandro fait signe au serveur et demande un Virgin Caïpirinha, le même que Monique.
« Tu sais, j'ai été troublé hier soir quand tu es partie à ton rendez-vous.
Ton rire m'a manqué. J'ai espéré que tu reviennes. »

Monique s'étonne de ne rien lui répondre. Elle plante son regard dans le sien.

Alessandro se confie davantage.

Monique écoute en silence, sans l'interrompre. Elle savoure tout ce qu'il a à lui dire. Monique a l'agréable sensation qu'ils se retrouvent, ou plutôt se trouvent enfin. Elle a envie de lui répondre que le temps a été long sans lui, mais n'ose pas.

Elle sourit et rougit jusqu'à la pointe des cheveux.

Le cœur d'Alessandro s'anime, oubliant dans un trou noir les amours passées, se refermant à jamais. Il délaisse ses anciennes histoires enrichies d'instants, de gestes, de mots, de regards, de sentiments pour laisser place à ceux créés avec Monique, qu'il espère voir s'étoffer chaque jour.

Chapitre 49

Avant d'appuyer pour la quatrième fois sur l'écran de son smartphone, Monique vérifie que tout le monde est bien sur la photo. Chacun prend la pause, immobile, sourire figé, attendant patiemment que Monique appuie sur ce satané bouton. Un « Oooh Nooon général » retentit lorsque Monique leur annonce que la photo est encore floue, « Ah non, mais partez pas ! » leur rend Monique déçue de ne pas avoir LA photo-souvenir parfaite.
Tout le monde s'éloigne, vêtu de blanc pour cette soirée chic, se déroulant les pieds dans le sable à la lumière du coucher de soleil et de quelques dizaines de lampions éparpillés.
En dégustant une belle langouste, Monique explique à Alessandro entreprenant avec elle sur une vie à deux, qu'elle est une femme indépendante. Elle s'apprête à chercher un appartement proche de son travail pour y faire sa vie seule, en tout cas pendant un temps. Le temps, elle veut le prendre avec lui, ne pas se précipiter. Leur relation doit d'abord se bâtir sur la confiance et bien se connaître. « Par-contre Alessandro, hors de question que je remplace ta mère ! » lui dit-elle en rigolant.
Monique se surprend elle-même de lui répondre qu'elle cherche quelqu'un d'autonome et responsable, quelqu'un qui prenne des initiatives et quelqu'un d'honnête. Alessandro acquiesce et consent. Il dit avoir les mêmes désirs, il est prêt à

l'attendre. Il comprend cette phase indispensable de découverte, obligatoire avant un engagement plus consistant. Ils parlent déjà week-end et allers-retours en train. Antoine est parti avec Juliette à bord d'un dhoni, pour se réconcilier avec l'océan. Le bateau vogue sur cette mer cristalline, calme, soufflé par le vent, voile tendue. Une belle embarcation en bois romantique, dont la proue retournée lui donne des airs de gondole vénitienne.
Antoine se laisse bercer par la houle des vagues, la brise gonflant doucement la voile. Juliette repense à l'accident et est soulagée qu'il ne soit qu'un lointain souvenir. Elle a toujours aimé être sur un bateau, renvoyant l'image de liberté, d'aventure, d'exotisme, de solidarité. Chaque homme y est important, et c'est parce chacun tient son rôle que le bateau avance sans encombre au gré des vents et des tempêtes.
Ce bateau fait penser à Juliette au « vieil homme et la mer » d'Ernest Hemingway, un des premiers livres qu'elle a lu plus jeune, symbole du courage de l'homme face aux forces de la nature. Antoine profite. Juliette chasse ses soucis d'un revers de manche, voulant lui consacrer pleinement cet instant. Elle trépignait d'impatience de le revoir. Elle se sent bien à ses côtés, comme jamais, se sent enfin protégée. Le moment est paisible, sans ombre au tableau, le jour s'éteignant à mesure que le soleil plonge dans l'océan.
Antoine est heureux d'avoir retrouvé Juliette. Il se demande comment sa mémoire a pu oublier l'espace d'un instant son existence. Elle l'a amené à voir des choses en lui qu'il ne soupçonnait pas. Des sentiments naissent au plus profond de lui. Il lui semble l'attendre depuis toujours. Agnès est bien loin maintenant, elle ne lui arrive pas à la cheville, même pas l'espace d'une seconde. Leur histoire n'était qu'une chimère, il se le répète, convaincu. L'histoire avec Juliette s'esquisse

au fil des jours, du simple croquis, ils sont arrivés au stade de la mise en relief et en couleur, aidés par les émotions pour atteindre, il l'espère, la phase finale de l'œuvre aboutie.

Il s'imagine dans son quotidien, partageant des repas en famille avec ses parents qui l'accepteront, il en est certain. Son père incarne la gentillesse même, il accueille toujours avec plaisir et enthousiasme ses amis, même à l'improviste, « Quand il y en a pour deux, il y en a pour quatre », le canapé toujours prêt à offrir un couchage aux gens de passage, il a le cœur sur la main. Sa mère a un caractère plus affirmé mais reste très avenante, toujours prête à rendre service. Il a conscience qu'il a grandi avec des parents formidables, il ne leur a peut-être pas assez dit. Sa mère a toujours rêvé d'avoir deux enfants, une fille et un garçon, la vie en a décidé autrement. Elle s'en est parfaitement accommodée. Il sait qu'il reste de la place dans son cœur de mère pour une belle-fille qu'elle accueillera comme sa propre fille. Sa mère est assistante maternelle, elle a bercé des dizaines d'enfants. Elle entretient encore des liens avec les tout premiers qui lui ont fait la surprise de lui laisser en garde leurs propres enfants. Comme signe de reconnaissance, elle ne pouvait pas rêver mieux. Après eux, elle s'arrêtera parce que le temps a passé et que l'heure de la retraite a sonné. La boucle est bouclée. Il sait qu'elle trouvera sans hésiter l'énergie de l'aider avec ses propres enfants. Il s'étonne subitement que sa réflexion le mène à cet endroit-là.

Il observe alors Juliette, son regard est profond, les traits de son visage sont détendus, ses pommettes sont hautes, relevées par un immense sourire.

Le temps d'une étincelle, une pensée surgit :
« Et un jour, le bonheur nous frôle. »

Chapitre 50

JOUR 13

Ce matin, sur le paddle, au cœur du lagon, Juliette explique à Jeanne ce qui la tourmente depuis hier. Elle lui dit avoir reçu une lettre de son père biologique. Elle lui rappelle avoir été adoptée dès la naissance et ne pas connaître ses parents. Elle y a pensé à l'adolescence ne pouvant se construire sans connaître ses origines, les recherches n'ont abouti qu'à un lot de tristesse et de gâchis. La demande de ce père devient pressante, à en croire le deuxième courrier envoyé en l'espace de quelques semaines. Il veut la rencontrer. Elle doute, hésite, ne sachant pas quelle décision prendre. Elle ne cherche pas à prendre la meilleure, mais la moins pire. Il est souvent difficile de faire un choix, d'en assumer les conséquences. La peur du regret guette celui qui craint, la peur du remord celui qui a osé ou mal agi.

Jeanne lui dit que quoiqu'elle choisisse, elle doit aller au bout de sa décision et l'assumer. Elle l'interroge sur les raisons de le rencontrer. Veut-elle faire sa connaissance, soulager sa colère, a-t-elle un désir de vengeance... ? Elle lui conseille de ne pas trop en attendre, au risque d'être déçue.

Si elle fait le choix de la rencontre dans le seul but de déverser sa colère comme une vengeance, sa douleur n'en sera pas atténuée pour autant, bien au contraire, elle prend alors le risque de devoir vivre avec des remords, en plus de l'absence. Jeanne en profite pour lui parler de son cheminement intérieur au sujet de la vengeance et du pardon. Juliette écoute, sans la couper, et s'enrichit de ses conseils avisés.

Elle fait le constat qu'en refusant la rencontre, elle le fera pour se protéger mais devra peut-être vivre avec le regret de n'avoir jamais pu franchir le pas.

Juliette réalise qu'elle a moins à perdre en acceptant mais sans trop en attendre, sans attendre d'être acceptée et incluse dans leur vie de famille, construite après elle et sans elle. Elle laisse juste une chance à une jolie rencontre, même si elle est de courte durée. Si le lien ne se crée pas faute d'affinités, elle aura alors à l'accepter et poursuivre le deuil de ces parents qu'elle aurait voulu avoir.

Juliette descend de son paddle, Jeanne la suit. Elles déposent leurs planches près de la cabane, remontent la plage et se rapprochent du bungalow de Juliette. Elle ouvre sa porte, s'assoit sur son lit le maillot encore mouillé, et allume son téléphone. Jeanne est très enthousiaste de lire cette lettre, pour l'éclairer davantage. Juliette saisit son portable, la pièce jointe s'ouvre. Jeanne lit l'intégralité de la lettre. Elle la lit à trois reprises. Son cœur s'emballe. Elle reconnaît cette écriture, elle reconnaît ce style, elle reconnaît ce prénom. Jeanne devient livide.

Chapitre 51

L'air afflue sur son visage, Jeanne est allongée sur le lit de Juliette, les jambes surélevées. Sa vision est floue, elle ouvre les yeux par intermittence. Monique arrivée là par hasard, lui fait de l'air avec un magazine trouvé sur la table de chevet, Juliette lui tapote la main pour qu'elle revienne à elle. Jeanne a mal à la tête, a chaud. Elle veut se redresser mais est stoppée dans son élan par Juliette. Elle leur explique qu'elle n'est pas celle que tout le monde croit. Monique et Juliette se regardent les yeux ronds, désarçonnées, pensant que Jeanne est encore sous l'effet du malaise.

Jeanne s'assoit sur le rebord du lit, plonge la tête entre ses mains, ses yeux s'embrument. Un long silence est interrompu par un sanglot. Ses larmes coulent lorsqu'elle dévisage Juliette. Jeanne ne parvient pas à dire un seul mot, les mots restent bloqués, sa gorge est nouée.

« Je ne vous ai pas tout dit sur moi. Cette lettre me fait remonter de terribles souvenirs enfouis. »

Jeanne hoquette de chagrin. Elle se lève et se dirige vers la salle de bain, suivie par Juliette. Elle se passe un peu d'eau sur le visage, et s'assoit sur le rebord de la baignoire comme on s'assoit sur le rebord de sa vie. Sous l'éclairage peu flatteur du néon de la salle de bain, elle s'explique.

« J'ai eu la chance d'être issue d'une famille bourgeoise, mon père avait une très bonne situation, il dirigeait une grande société de cosmétiques hérité de mon grand-père qui avait fait fortune. Mon père s'est marié à ma mère peu de temps après ma naissance. Elle a mené une vie bourgeoise, avait des dames de maison, n'avait pas besoin de travailler. En contrepartie elle a dû supporter les affres de mon père. Il pouvait se montrer généreux et avenant en société pour faire bonne figure, mais dans le cercle familial, c'était une tout autre histoire. Il était quelqu'un d'influent, de très charismatique renforçant ainsi son ego, mais aussi de très autoritaire. Je parle au passé parce qu'il est mort d'un stupide accident de chasse. »

Silence.

« Je ne devais pas lui désobéir et faire bonne figure en toute circonstance, pour ne pas bafouer la réputation familiale. À l'adolescence je n'avais pas le droit de sortir, de voir mes amis. Je restais seule dans ma chambre à lire ou réviser mes cours, et mes résultats scolaires devaient être exemplaires.

Un soir j'ai ouvert la fenêtre de ma chambre, située au premier étage, mes parents dormaient depuis deux bonnes heures, je suis partie. Mes amis m'attendaient sur la place du village. Je me suis dit que j'avais le droit de vivre ma jeunesse, moi aussi, je ne voulais pas qu'on m'en prive, tant pis s'ils finissaient par s'en rendre compte. Leur colère n'effacerait pas ces doux moments amicaux.

Je l'ai fait une seconde fois puis de nouvelles fois en toute impunité. Mes parents n'entendaient rien, leur chambre était située de l'autre côté de la maison. Ils ne se sont doutés de rien. Un soir j'ai rencontré un jeune homme, charmant, j'ai été séduite. Il est tombé très amoureux de moi, ce fut réciproque. Nous nous sommes revus très souvent. Mon père a su. Il nous a interdit de nous revoir. J'ai pleuré toutes les larmes de mon corps. »

Silence.

Jeanne fait une pause, pointe ses doigts à l'angle de ses yeux, près de la naissance de son nez, qu'elle ferme un instant. Des larmes coulent et tombent sur le tapis. Un sanglot éclate. Le chagrin l'empêche de poursuivre. Un long silence s'écoule. Elle respire amplement pour évacuer, et reprend les yeux baissés.

« Nous nous sommes revus quelques années après, la colère m'a asséché définitivement les yeux jusqu'à l'épisode d'adultère de mon mari. Et cet homme dont je te parle, Juliette, s'appelle François, et cet homme n'a pas vu grandir sa fille. » Jeanne redresse alors sa tête lentement, son regard se plante dans celui de Juliette sans en partir.

Celle-ci est suspendue à ses lèvres.

Après un instant d'hésitation, elle lâche d'une voix blanche, une phrase, une toute petite phrase qui va faire l'effet d'une déflagration.

« Juliette, je connais ton père. »

Chapitre 52

Juliette abasourdie par la nouvelle, s'assoit, elle aussi, sur le rebord de la baignoire. Elle veut en savoir plus sur cet homme. Elle veut savoir qui il est, où il vit et lui demande comment elle peut être aussi sûre de ce qu'elle avance. François est un prénom courant, après tout.
Jeanne lui précise qu'elle a reconnu l'écriture et que le nom sur l'adresse mail ne fait aucun doute. Elle ne croît pas une seconde à un homonyme. Juliette est troublée, se lève, marche jusque dans la chambre, l'étau se resserre sur elle. Son esprit tourne et vire. Elle retourne dans la salle de bain, et assaille Jeanne de questions dont elle n'attend pas la fin des réponses, interrompue par une nouvelle. Jeanne se tait, laisse Juliette s'exprimer puis se poser. Une fois les questions taries, Jeanne s'explique.
« François est quelqu'un de foncièrement gentil qui n'a appris la présence de sa fille que tardivement. Il a ignoré son existence. Jeanne s'interrompt brutalement, réalise pleinement que Juliette est la fille de François puis se corrige.
Il a ignoré ton existence pendant quasiment une trentaine d'années. C'est un homme que je connais bien, qui aurait adoré avoir des enfants, mais il n'a pas trouvé la bonne personne. Il est tombé éperdument amoureux d'une femme ne voulant pas lui en donner. Il a fini par se faire une raison et accepter, parce que l'amour était plus fort. Il lui a fait le plus beau des cadeaux, mettre de côté son envie de paternité pour

un amour inconditionnel envers sa femme. Sa femme lui a demandé cent fois de le quitter, qu'elle ne pourrait pas vivre le sachant se sacrifier ainsi, craignant de voir leur couple se construire dans une rancœur sournoise. Il a tenu, leur amour a tenu, il est resté... »
Silence.
« Jusqu'à ce qu'elle apprenne qu'il la trompe. Cette femme a encaissé cet adultère avec toute la douleur que cela peut causer. Puis elle a fini par comprendre ses motivations. Elle est passé de l'accusation à la culpabilité. L'énorme culpabilité de ne pas avoir su trouver les mots pour convaincre qu'une vie meilleure attendait son mari ailleurs qu'avec elle, une vie familiale. »
Jeanne marque une pause, pleure, respire, cherche les mots justes et le regard de Juliette maintenant assise à côté d'elle.
« Juliette, cet homme est mon mari, ton père est mon mari. »
Juliette s'effondre, aucun son ne sort de sa bouche. Elle reste immobile, les yeux écarquillés, dans un état second.
Elle se dit que ce qu'elle est en train de vivre n'est pas possible, son corps semble détaché de son esprit, elle se sent flotter. Les paroles de Jeanne résonnent dans sa tête. Elle entend des mots, arrivant par flash sans qu'elle puisse retrouver le contrôle de ses pensées.
Juliette part dans la chambre, marche jusqu'à la baie vitrée et s'assoit sur le lit.
Elle joint les mains devant la bouche, et fixe un point au niveau du sol. Des larmes sortent.
Elle repense à la lettre de son père, de son envie de la revoir, à Jeanne qui sait qui il est. Elle a l'impression d'être cernée, de ne plus pouvoir reculer face à cette entrevue inéluctable. Cette rencontre a d'ailleurs déjà commencé à travers le

prisme de Jeanne dont elle espère qu'il ne soit pas trop déformant.

Finalement le destin va choisir à sa place, une fois de plus, le choix lui semble aujourd'hui superflu. Elle veut mettre un visage derrière ces mots, ce portrait esquissé.

Monique s'éclipse pour les laisser en tête à tête, le moment l'impose. Jeanne s'assoit dans le fauteuil de la chambre, face à Juliette sidérée. Elle lui laisse le temps d'intégrer. Mais ne se doute pas une seconde de la bombe qu'elle vient de lâcher. Une bombe émotionnelle s'est abattue sur Juliette qui reste figée, assommée.

Juliette se sent au pied du mur, prise de court. Elle avait encore besoin de temps, tout se précipite. Elle se sent acculée. Jeanne la soulage lorsqu'elle lui dit qu'elle peut encore décider de ne pas le rencontrer, qu'elle est libre de son choix. Juliette lève alors la tête et regarde Jeanne, elle la dévisage comme si elle la voyait pour la première fois, elle observe son regard, ses yeux, sa stature, la forme de ses pommettes, le dessin de ses lèvres, le port de son cou, le dessin de ses sourcils, la forme de ses hanches, de sa poitrine, de ses mains, la forme de ses doigts, la couleur de sa peau.

Elle esquisse un sourire que Jeanne ne perçoit pas, effacé brutalement par de l'indignation.

Elle ressent des sentiments contradictoires mêlés de colère et de libération.

Elle a compris.

Chapitre 53

« Je sais qui tu es Jeanne ! Je ne veux plus te voir, va-t'en ! Tu m'entends, va-t'en ! Jamais je ne te pardonnerai ce que tu m'as fait, tu n'as jamais cherché à me retrouver, tu m'as lâchement abandonnée alors que je n'étais qu'un nourrisson. Avant même de me connaître, tu m'as délaissée, peu importe tes raisons, je ne veux pas les connaître, le résultat est le même. Va-t'en ! Cette fois-ci c'est moi qui te repousse, je ne veux pas en savoir plus. »
Jeanne encaisse une volée de coups sans rien dire, le dernier lui faisant plus mal que le précédent.
« Tu ne seras jamais ma mère ! Tu m'entends, jamais ! Pars et ne reviens jamais ! »
Jeanne entend sa colère, s'exécute, rassemble ses affaires, traverse la chambre et referme la porte à la demande de sa fille. Elle l'a pressenti dès l'instant où elle l'a vue, à son regard, un regard ne trompe pas une mère. Une mère retrouverait son enfant parmi mille. Elle a le même que le sien. Sans vouloir y croire, elle comprend maintenant cette complicité immédiate entre elles, sans pouvoir se l'expliquer.
Jeanne pleure encore plus que le jour où on la lui prise, en silence cette fois. Aujourd'hui, c'est sa fille elle-même qui la prive. Autrefois, elle avait hurlé, pleuré des jours durant, lorsqu'elle avait découvert à l'âge de quinze ans, le berceau

vide de son enfant. Un médecin avait été appelé pour la sédater. Elle avait dormi pendant plusieurs jours. La rage était restée tapie au fond d'elle.

Antoine, entendant au loin des hurlements provenant du bungalow de Juliette, tourne la tête et aperçoit Jeanne en sortir d'un pas décidé. Il ne comprend pas. Il se dirige alors vers la chambre de Juliette et entre sans frapper, inquiet. Il voit Juliette à terre, assise sur le tapis, adossée au sommier du lit, des bouts de verre d'un vase brisé jonchent le sol, la chambre est sens dessus-dessous. Il la voit, la tête posée sur ses genoux recroquevillés, en larmes. Il s'assoit près d'elle. Juliette a deviné que c'est Antoine qui arrivait, elle l'a reconnu à ses pas et à son odeur. Elle se laisse prendre dans ses bras réconfortants qui lui font du bien.

Antoine tente d'établir un dialogue avec Juliette, ne comprenant toujours pas ce qui se passe. Elle lui explique par à-coups. Emportée par la rage et se débattant à nouveau en expliquant tout à Antoine, elle se blesse à la main. Cette blessure la soulage bizarrement, une douleur qui en soigne une autre. Elle a connu cela plus jeune lorsque le manque affectif se faisait trop sentir, elle a commencé vers l'âge de quinze ans. La vie avait fini par l'apaiser. Antoine tente de la raisonner et décide de prendre définitivement ses quartiers dans la chambre de Juliette qui n'est pas en mesure de rester seule.

Monique, partie plus tôt rejoindre Alessandro, ne se doute pas une seconde de tout ce qui se trame.

Jeanne a regagné son bungalow, brutalisée par la situation, ses mains tremblent encore. Elle se laisse tomber sur son lit, revivant la scène en boucle. Elle tente de calmer son esprit, comprenant la réaction tant attendue de Juliette. Elle ne réalise pas complètement que Juliette soit sa propre fille dont elle a été séparée depuis près de trente-cinq ans. Elle en veut à son père. Elle repense à cet accident de chasse rapporté par sa mère. Elle s'est toujours demandé si sa mère ne lui avait pas menti. Son père aurait pu avoir bon nombre d'ennemis à en croire son caractère intransigeant et prêt à tout dans les affaires. Il ne faisait pas dans les sentiments. Elle n'a pas versé une seule larme le jour de son enterrement, son cœur est resté aussi sec qu'une pierre. Sa mère l'a remarqué. Elle sait qu'elle a compris. Elle espère que Juliette parviendra à se calmer, elle voudrait s'expliquer avec elle. Elle s'imagine que cela puisse prendre du temps. Elle le lui doit. Une question vient à son esprit subitement, elle s'interroge sur la manière dont son mari a appris son existence, elle le lui a pourtant bien caché, comment a-t-il fait pour savoir et la retrouver ? Elle ne croit pas une seconde que sa mère ait été capable de révéler ce secret si bien gardé avant son décès.

Elle entend frapper à la porte. Elle ne répond pas tout de suite, sèche ses larmes. Ses yeux bouffis la trahiront de toute façon. Elle espère ouvrir à Juliette. Elle saisit la poignée de la porte et aperçoit une paire de chaussures de ville en cuir de très bonne facture. Des chaussures d'homme. Son regard remonte sur un sac de voyage masculin porté à la main droite, un pantalon habillé, une ceinture noire, une chemise de coton blanche aux manches retroussées, un parfum d'Hermès familier puis le visage de son mari.

François la découvre dévastée par le chagrin. Avant même de lui parler, il la prend dans ses bras pour lui donner le réconfort dont elle a besoin. Jeanne le repousse et repart dans sa chambre. Il entre, referme la porte, part s'asseoir dans le fauteuil. Jeanne enfoncée dans son lit, genoux repliés ne sort pas un mot. Ses doigts tremblent, elle ne peut s'empêcher de tenir sa tête devenue si lourde, entre ses mains. Elle pleure à froides larmes. François a du mal à reconnaître sa femme, il remarque qu'elle a teint et coupé ses cheveux, et qu'elle ne porte pas son alliance. Il encaisse. Il ne sait comment l'aborder sans prendre le risque de la braquer. Une phrase conventionnelle serait nier sa souffrance évidente, une phrase directe lui ferait claquer la porte. C'est Jeanne qui brise le silence, les mâchoires serrées.

« Comment as-tu pu oser ? lui lance-t-elle le regard noir.

– ...

– Comment as-tu osé rechercher notre fille sans même m'en parler ? Et comment oses-tu venir ici après m'avoir trompée avec cette blonde ? »

Jeanne se redresse, se lève de son lit et se dirige vers François, qu'elle toise maintenant du regard.

Elle hausse le ton, enragée.

« Si tu es venu jusqu'ici, c'est pour me donner des explications, cette fois-ci tu ne pourras pas te défiler, j'exige la vérité ! Tu me dois la vérité ! Alors je t'écoute.

François visiblement surpris ne comprend pas pourquoi Jeanne évoque une histoire d'adultère. Il préfère s'expliquer d'abord au sujet de leur fille.

– J'ai lu le compte rendu de ton médecin, je suis tombé dessus par hasard dans le salon. Je me suis même demandé si tu l'avais mis en évidence exprès.

– Que vient faire mon compte rendu gynécologique ?

– Il était noté dans tes antécédents, que tu étais « multipare », or nous n'avions jamais eu d'enfant. Le médecin a également noté la date de ton accouchement, en 1985. Je me suis assis un moment et j'ai réfléchi. Cette année-là, tu avais quinze ans, nous venions de nous rencontrer et nous avons été séparés brutalement. Même tes amis ne te voyaient plus à l'école. Mort d'inquiétude à l'époque, j'ai pris mon courage à deux mains et je suis venu frapper à la porte de chez toi. Ta mère m'a répondu, gênée, parlant tout bas de peur d'être entendue, elle a refermé la porte de manière que seul son visage ne ressorte. Ton père est arrivé en hurlant et m'insultant. Il m'a sommé de partir sur le champ, que tu ne voulais plus me revoir. Ils ont claqué la porte lorsque je leur ai demandé pourquoi tu ne venais plus au lycée, ils ne me l'ont jamais plus ouverte. Un soir j'ai enjambé la murette de chez toi. Depuis le jardin, j'ai lancé des cailloux sur les volets de ta chambre, j'ai attendu longtemps que la lumière s'allume à travers les persiennes, en vain.

Lorsque nous nous sommes retrouvés en 1988, l'étincelle dans ton regard m'a confirmé que ton père était bien derrière cette histoire. Tu sais combien je t'ai attendu et aimé, je te l'ai déjà dit à maintes reprises et sache qu'il n'y a jamais eu personne entre nous.

Jeanne, rassise, relève la tête, le fixe droit dans les yeux et rebondit.

– Qui était cette femme blonde qui t'a rejoint à Saint-Jean-de-Luz ?

– Parce que tu m'as suivi jusque-là bas ? Lui répond François étonné d'autant d'audace qu'il ne lui connaissait pas.

– J'avais besoin de savoir, dit sèchement Jeanne.

– Lorsque j'ai compris que nous avions un enfant, je t'en ai d'abord voulu, je me suis absenté de la maison invoquant des déplacements, des dossiers à finir, j'avais besoin de réfléchir. Je ne voulais pas t'en parler à chaud, j'avais d'abord besoin d'analyser, de comprendre, de faire redescendre ma colère puis revenir vers toi. Il m'a fallu du temps. J'ai compris que ton père était à l'initiative de la disparition de notre enfant. Tu m'avais dit ne pas en vouloir alors que je voyais tes yeux maternels fondre en se posant sur des nourrissons, des pous-

settes, de jeunes mères portant leur bébé... Je me suis souvenu de ton regard triste. J'ai fini par comprendre, par te comprendre. J'ai imaginé que tu m'avais caché la vérité parce qu'elle t'était trop lourde de culpabilité. À mesure que le temps passait, la culpabilité grandissante t'enlisait dans une situation sans retour possible.
J'ai fait des recherches, rempli des demandes, pris des rendez-vous. J'ai retrouvé la trace de Juliette après plusieurs mois de recherches ardues et décourageantes.
– Pourquoi ne m'avoir rien dit ?
– Pour te préserver, j'ai imaginé la souffrance que tu as dû endurer, je ne voulais pas t'en infliger une nouvelle si mes recherches n'aboutissaient pas. J'avais prévu d'endosser seul cet échec.

– Comment as-tu fait pour retrouver sa trace, je l'ai cherché pendant des années, toutes les portes me sont restées fermées ? Lui fait Jeanne visiblement soulagée.
– J'ai fait appel à un avocat.
– J'ai retrouvé l'adresse et les coordonnées de Juliette. Je lui ai envoyé un premier message auquel elle n'a pas répondu.
J'ai voulu en savoir plus sur sa vie. J'ai rencontré son voisinage qui m'a expliqué dans quel guêpier elle était avec le propriétaire de son l'immeuble. J'ai su qu'elle voulait vivre à Saint-Jean-de-Luz, je me suis mis en recherche d'un appartement, pour elle, si elle consentait à me répondre. Raison de ma venue dans le pays basque où j'ai rencontré un agent immobilier, cette jeune femme blonde que tu as vue. J'ai envoyé un second message à Juliette récemment, peu de temps après t'en avoir adressé un. Les deux sont restés sans réponse.
– J'ai pensé que tu en avais assez, de moi, de nous. Je t'ai imaginé vivant une relation avec cette femme que tu as vu deux jours de suite quand même ! Se justifie Jeanne à son

tour. Et puis il y avait des SMS douteux avec des rendez-vous le soir à 18h30 à l'hôtel La lanterne.
– La signature d'un gros contrat, les clients descendaient dans cet hôtel. »
Après un temps de silence, de réflexion, Jeanne s'interroge.
« Mais pour qui es-tu venu ici ?
– Comment cela ? Pour toi voyons, pourquoi me poses-tu cette question ?
– Tu n'es donc pas au courant.
– Parce que je devrais être au courant de quelque chose ? »

Chapitre 54

« Te rends-tu compte de la tournure que prennent les événements ? Je me sens comme prise au piège, Antoine. Mon père a repris contact avec moi, je viens de rencontrer ma mère sans même le savoir.
– Si l'on regarde le bon côté des choses, tu n'as pas eu à faire de choix vis à vis de ta mère, le destin l'a fait à ta place. Tu es venue ici pour faire le point sur ta vie, pour que des choses changent, tu ne pouvais pas rêver mieux.
– Je ne m'y attendais pas.
– Dans certaines circonstances il est souhaitable d'être pris au dépourvu. Ton naturel te guide, ta spontanéité fait naître des relations authentiques. Tu n'as pas le temps d'anticiper. Ta colère est normale, ta surprise encore plus. Laisse-toi une chance de vous connaître elle et toi. Tu t'es plutôt bien entendue avec elle jusque-là sans même savoir qui vous étiez.
– Oui c'est bien cela le problème, je m'entends bien avec Jeanne, mais vais-je m'entendre avec celle qui a osé m'abandonner ?
– Je pense que tu ne sais pas tout, si tu ne cherches pas à connaître les raisons plus en détails, tu risques de passer à côté du reste de ta vie.
– Et dire qu'ils sont en plein divorce ! Je rencontre mes parents pour la première fois en plein divorce ! réplique Juliette avec un sourire ironique. »

Jeanne est soulagée lorsqu'elle reçoit le SMS de Juliette lui proposant de se retrouver près du ponton à l'heure du déjeuner. Cela lui offre l'occasion de s'expliquer. Jeanne ouvre le mitigeur et plonge dans la douche embuée. Elle tente de retrouver ses esprits. La discussion avec son mari l'a terriblement soulagée de se savoir aimée et comprise à ce point. Elle qui pensait ne jamais être pardonnée et s'était crue trompée. Elle pense à Juliette, à tout le temps perdu, ses premiers pas, son premier sourire... Elle repense à toutes les phrases qu'elle ne dira jamais

« Brosse toi les dents, mets tes chaussons, mets ton manteau, enlève ton pull, as-tu pris ton goûter ? Mange tes céréales, donne-moi la main, ne dis pas de gros mots, dépêche-toi, mets ton bonnet, bravo ma chérie, attache ta ceinture, on va être en retard, je suis fière de toi, viens dans mes bras, fais tes devoirs, ne cours pas au bord de la piscine, mets ton casque de vélo, ne cours pas en tongs, tu veux inviter une copine ? Lave-toi les mains, viens sur mes genoux... »

La vie les a privées de tant de bonheur. La douleur de la savoir petite, perdue sans ses parents lui est insoutenable. Elle espère que Juliette les acceptera dans sa vie, promesse de bons moments à venir. Jeanne enfile une robe cintrée bleu marine, symbole de vérité. Elle veut que la vérité soit dite, elle la lui doit.

Jeanne quitte sa chambre, marche sur le ponton, ses talons résonnent. Elle ressent des fourmillements à l'idée de revoir Juliette, anticipe l'instant où leurs regards vont se croiser. Elle l'aperçoit au loin assise sur les lames en bois. Elle ne voit son visage que de profil. Elle redoute sa colère pourtant légitime.

Juliette tourne la tête et lui sourit.

Jeanne s'assoit près d'elle légèrement rassurée, elle voudrait l'enlacer mais n'ose pas, elle voudrait passer une main chaleureuse dans son dos mais reste craintive. Elles se font face. Jeanne parle la première.
« Juliette, tu dois savoir quelque chose, à partir du moment où j'ai appris ton existence, je t'ai aimée. Je ne t'ai pas abandonnée, on t'a enlevée à moi. »
Silence.
« Mes parents m'ont placée dans une maison pour jeunes filles dès qu'ils ont su. D'autres jeunes filles étaient enceintes comme moi. Des religieuses s'occupaient de nous, de notre éducation et de notre culpabilité qui ne m'a jamais quitté, mais pas pour les mêmes raisons.
À partir du septième mois de grossesse, j'avais échafaudé un plan de fugue après ta naissance. J'avais essayé vers le début du sixième mois mais elles m'ont retrouvée, je ne pouvais pas aller bien loin avec mon ventre. J'avais remarqué qu'après l'accouchement, les filles étaient isolées avec leur enfant qu'on entendait pleurer au loin une nuit ou deux, puis les pleurs disparaissaient. Je voyais les filles traverser la cour, dévastées par le chagrin. Avec une amie de chambre, on avait peur de ce qui se passait, on a voulu nous faire croire que les bébés naissaient malades et quittaient le monde des vivants. Au début on y a cru. Et puis on a douté, les filles étaient bien trop nombreuses pour que ce soit une simple coïncidence.
Elle devait s'enfuir elle aussi avec son enfant. Je t'ai mise au monde la première des deux, le plus beau moment de ma vie. Je n'ai pas fermé l'œil de la nuit, je t'ai serrée dans mes bras pour que personne ne puisse te prendre. La seconde nuit, la plus terrible de toute ma vie, accablée de fatigue, je me suis assoupie. Au réveil tu n'étais plus là, ni dans mes bras, ni dans ton berceau. J'ai hurlé tant que j'ai pu, on ne t'a jamais

rendue. Ils t'ont prise, t'ont soustraite à moi, ta mère. J'en fais des cauchemars chaque nuit. Je n'ai jamais passé une seule journée sans penser à toi. Mes parents sont venus me chercher. Mon père, le visage fermé, ma mère, le regard fuyant. Je n'ai plus revu François. Mon père m'a dit qu'il ne voulait plus me voir, que je n'étais qu'une traînée. J'ai pleuré de longs mois durant, puis je me suis accrochée à l'idée de te revoir un jour.

J'ai poursuivi mes études, j'ai à nouveau croisé François, le destin était enfin de notre côté. Je n'ai jamais pu lui dire ce qu'il s'était passé, accablée par la honte de m'être endormie que je porte encore aujourd'hui. C'est parce que je me suis assoupie que nous avons été séparées. J'avais peur de faire vivre une immense douleur à François, j'ai voulu le protéger. Enfoncée dans le mensonge je n'ai jamais trouvé le courage de lui dire la vérité.

Je n'ai plus voulu avoir d'autre enfant, le blocage était trop grand, la peur paralysante.

François a accepté mon choix. »

Juliette entend le long discours de Jeanne, ses croyances tombent, Jeanne, sa mère n'est pas celle qu'elle s'était imaginée. Elle la voit d'un autre œil et pleure à l'idée d'avoir enfin trouvée sa mère, une mère qui l'a toujours aimée.

Des larmes intarissables coulent, et pour la première fois de sa vie, elles ont le goût du bonheur.

Chapitre 55

« Juliette ?
– Oui ?
– Je dois te dire quelque chose.
– ...
– Ton père est ici.
– ...
– Il est arrivé ce matin pour mettre à plat notre histoire. J'ai compris qu'il n'y avait personne d'autre dans sa vie. Mon imagination m'a joué des tours, aidée par l'idée qu'un homme ne peut que me trahir. Il m'a expliqué comment il a réussi à te retrouver, là où j'ai échoué. J'en suis vraiment navrée, nous aurions pu nous retrouver plus tôt. Je suis sincèrement désolée pour tout ce qui t'est arrivée Juliette, crois-moi. J'ai annoncé à ton père que tu étais ici. Il a été abasourdi de te savoir là après t'avoir tant cherchée. Ton père t'attend si tu souhaites le rencontrer. Prends le temps de la réflexion. »
Juliette rejoint Antoine pour déjeuner, le repas est méditatif. Antoine est présent en silence, arborant un demi-sourire de compassion. Il la laisse à sa réflexion, à ses émotions. Il est là si elle a besoin, elle le sait. Juliette a du mal à se relever de cette marée émotionnelle qui la submerge. L'avenir est aujourd'hui vertigineux, elle sent Jeanne sincère mais redoute la trahison qui l'anéantirait très certainement, elle veut créer un lien avec sa mère mais redoute un feu de paille. Beaucoup

de choses sont à construire, elle appréhende de ne pas en trouver la force. Elle en a l'envie en tout cas. Elle se demande comment reconstruire sur de l'ancien, refaire des fondations solides et durables. Elle l'ignore. Le temps le lui dira. Elle doit d'abord laisser la place à la rencontre puis la confiance sans laquelle rien ne pourra se faire. Comment cesser d'en vouloir à ses parents aussi rapidement ? Certes elle a compris quel drame abominable s'est déroulé, mais elle craint de ne pouvoir se détacher de la trahison intégrée par son esprit, depuis tout ce temps, et de mettre en échec leurs retrouvailles. Elle est traversée par le doute, de ses capacités à faire confiance mais avant tout, à se faire confiance.

Elle part marcher le long de la plage pour faire redescendre ses émotions qui la paralysent. Elle réfléchit, se pose sur le sable. Elle a besoin de calme. Tant de choses se sont passées en peu de temps.

Elle contemple l'horizon. Elle observe un groupe de nageurs depuis le ponton, prêts à embarquer dans le bateau pour la sortie snorkeling. Elle se souvient de ce que Monique lui avait raconté de sa rencontre avec Gérard, à qui elle avait répondu « n'oublie pas de vivre », phrase qui lui trotte dans la tête tel un mécanisme d'horloger, et qui prend tout son sens aujourd'hui. Elle se lève, époussette le sable, puis marche en direction des bungalows sur pilotis. Elle part rencontrer son père. Elle franchit le seuil de la porte en larmes. Le moment est particulier. Elle s'immobilise, prend son temps. Elle sent un courant d'air chaud. Le silence envahit la pièce, fendu par le doux bruit des vagues. Ses parents l'attendent sur la terrasse, ils se lèvent et l'accueillent d'un immense et chaleureux sourire.

Chapitre 56

Monique passe sa dernière soirée sur l'île et compte bien en profiter. La famille est réunie au grand complet. Alessandro est tout près d'elle pour en profiter encore un peu. Ils se reverront le week-end prochain en France, pour l'aider à trouver un appartement près de son travail, comme elle le souhaite. Alessandro hésite à se rapprocher de Paris et de Monique, il calme ses ardeurs d'aller trop vite, le message de Monique est bien passé.
Pas une ombre au tableau, jusqu'à l'arrivée du directeur qui, de manière courtoise mais déterminée, demande à François de quitter l'île dès demain, invoquant le règlement formel interdisant l'accueil des couples. Tout le monde est indigné d'une telle décision, qui vient écourter péniblement ces rêves de retrouvailles vieux de trente-cinq ans. Juliette ne compte pas se laisser faire et lui demande gentiment « Alors pourquoi Cynthia dort dans votre bungalow ? » Le directeur reste silencieux et embarrassé face à cette révélation, il pensait pourtant avoir été discret. Il tourne les talons après avoir pu rouvrir la bouche pour dire à François qu'il fermera les yeux, vu les circonstances.
Le dîner se déroule dans la légèreté, la sérénité et la sincérité. Juliette, Jeanne et Monique échafaudent des plans pour se retrouver en France, Jeanne s'imagine déjà prendre ses quartiers comme chaque été dans la maison de vacances de ses

grands-parents, sur les bords du lac d'Hossegor, tous ensemble. Ils rient à l'évocation d'une sortie paddle et se remémore les débuts hasardeux de Monique.

Jeanne leur promet des escapades sur le courant d'Huchet en pleine réserve naturelle, accompagnés d'un batelier à bord d'une galupe, des dégustations d'huîtres fraîches, des marchés de produits locaux et bien entendu une plage d'une immensité à perte de vue.

A une heure tardive ou matinale, selon le point de vue, le petit groupe disparaît dans la nuit.

Chapitre 57

JOUR 14

La matinée démarre sur des adieux, Monique part. Sa valise est prête depuis la veille, elle a pris soin de ne pas oublier son maillot de bain deux pièces, qu'elle s'est offert avant hier. Elle a peiné à la fermer tellement les souvenirs sont nombreux. Elle n'oubliera jamais les rencontres faites ici. De jolies rencontres. Jeanne et Juliette lui ont permis d'évoluer, de se détacher, de devenir une femme indépendante qui se fait confiance. Elle ne les remerciera jamais assez. Elle sait que son équilibre est encore précaire mais elle sent qu'elle est sur la bonne voie. Elles l'ont aidée à se relever, redresser son dos courbé et redresser sa tête avec assurance, ce dont elle manquait. Elle s'imagine déjà chez elle, dans un appartement lumineux, au calme avec un coin pour Robert dans le salon. Un deux pièces, transitoire, pour asseoir son indépendance et son autonomie. Elle rêve de découverte, de sorties culturelles, de nouvelles évasions. Dans ses plans elle entrevoit Alessandro se frayer un chemin, d'abord sur la pointe des pieds, elle s'en est fait la promesse. Cette parenthèse se referme, mais c'est bien grandie qu'elle rentre chez elle. Elle va retrouver ses parents, ses collègues et ses amis. Elle appréhende déjà le décalage entre ce qu'elle a été et ce qu'elle est devenue, que son père risque de lui faire sentir. De façon ambivalente, il souhaite qu'elle évolue mais l'infantilise souvent. Il a souvent choisi pour elle, critiqué ses choix sachant mieux que quiconque ce qui est bon ou bien. À elle de fixer ses propres limites sur ce qu'elle estime bon ou bien pour elle-même. Il ne l'a jamais aidée à être une femme. Elle craint le regard qu'il va déposer lorsqu'il l'apercevra à l'aéroport dans cette robe qu'elle a mise, celle que Juliette lui a donné. Elle sait que son père n'approuvera pas, en tout cas intérieurement, ces talons qu'elle porte, ceux offerts par Jeanne. Même s'il reste silencieux, il lui fera sentir. Elle sait qu'elle doit s'affranchir de ses peurs mais aussi de ses parents, pour enfin devenir ce qu'elle a toujours rêvée d'être, une femme.

Alessandro, la larme à l'œil, pense déjà aux jours qui les séparent jusqu'aux prochains week-ends. Il se demande si son courage tiendra une relation à distance, pas son amour, il n'en a aucun doute. Il s'imagine emménager près de Monique, changer de travail, construire enfin sa vie avec quelqu'un, lorsqu'elle sera prête. Lui, bavard dans ses meilleurs jours se montre peu loquace, les mots restent bloqués par le manque qu'il ressent déjà. Il sait que Monique le refrène dans ses envies, mais il ne peut s'empêcher de s'imaginer vivre auprès d'elle, l'esprit rempli de projets. Sa mère l'accueillera avec le sourire, il en est convaincu tant qu'elle rend heureux son fils. Son frère aimera sa douceur et son naturel loin de l'image d'Épinal de la jeune femme italienne à laquelle il les a mal habitués.

Juliette, Jeanne et Antoine raccompagnent Monique sur le ponton, sa valise hoquetant. Après des embrassades à rallonge et d'interminables au revoir, le bateau démarre. Monique à son bord, cheveux au vent, les salue de la main jusqu'à ne plus les voir.

La voilà seule, prête à vivre sa nouvelle vie.

La famille au complet se prépare pour la soirée, qu'ils espèrent être la première d'une longue série.

François a réservé un barbecue sur la plage pour cette soirée unique aux airs de dimanche en famille.

Juliette s'occupe de la musique, elle danse déjà au son de *Eté 90* de Thérapie TAXI.

François s'active à retourner régulièrement les grillades, les pieds dans le sable.

Un avion passe dans le ciel, celui de 19h45, celui de Monique. Il vole au-dessus de l'île et laisse derrière lui une traînée de nuages remplis d'espoir. À quelques pas, Jeanne, Juliette et Antoine sont réunis autour de la table. Rien ne pouvait prédire de telles rencontres et retrouvailles lorsque quelques jours plus tôt, ils ont chacun pris cet avion pour Malé. Ils rient déjà aux éclats.

Jeanne les quitte quelques instants, et s'approche de François. Dans ce moment d'intimité, François observe sa femme s'approcher de lui avec élégance. Elle porte cette robe bleue qu'il aime tant, assortie à ces yeux.

Elle lui sourit.

Il ressent enfin un immense soulagement à l'idée de ne pas l'avoir perdue. Son absence a été une expérience terrible qu'il ne souhaite plus revivre. Il passera plus de temps avec elle, il se l'est promis. C'est lorsqu'on est sur le point de perdre ce que l'on a de plus précieux, que l'on réalise la chance que l'on a. Il la trouve radieuse. Il enroule son bras sur son épaule, lui dépose un baiser de tendresse sur la tempe. Il hésite un moment, regarde tout autour de lui. Au loin, Antoine et Juliette sont assis face à face, riant. Il se demande si le moment est opportun, puis se laisse guider par son envie. Il sort alors un étui de sa poche, un étui de satin bleu marine.

Jeanne marque un temps de pause, surprise.

François brandit l'alliance de Jeanne, retrouvée au fond de sa trousse de toilette alors qu'il cherchait un antalgique.
C'est une nouvelle fois que François passe l'alliance au doigt de Jeanne.

Épilogue

En fin d'après-midi, Juliette enfile sa robe fleurie rouge résolument rétro, par-dessus son maillot. Elle fait tomber le sable resté sur sa serviette, réunit ses affaires de plage et remonte les quelques marches pour rejoindre la promenade Jacques Thibaud.
Elle se retourne une dernière fois, observe un moment la baie de Saint-Jean-de-Luz dont elle ne se lassera jamais. Elle longe la thalassothérapie, rejoint la rue Loquin, ruelle étroite bordée de maisons de ville typiquement basques, elle marche à l'ombre, la chaleur de cette belle journée d'été n'étant pas encore retombée. Elle passe devant sa boulangerie préférée dont elle reconnaîtrait parmi cent, l'odeur du pain chaud. Elle pousse la lourde porte en bois de l'immeuble aux volets rouge basque, qui se referme derrière elle. Elle monte cet escalier en bois à l'odeur de cire et atteint le dernier étage.
Elle pose son sac sur le meuble de l'entrée, ôte ses chaussures. Elle regarde l'heure que donne l'horloge de son grand père qui trône sur la cheminée du salon. Une belle horloge jaune et noire, vintage comme elle les aime. Elle a encore le temps. Elle allume son tourne-disque et met son trente-trois tours préféré. Elle ouvre les porte fenêtres du salon. L'air rentre et fait valser les rideaux. Elle traverse le long couloir de cet appartement bourgeois aux murs moulurés. Les lames du plancher ancien craquent sous ses pas. Elle a eu un coup de cœur.

Elle aime les lieux chargés d'histoire, tout comme sa vie. Parfois elle se réveille le matin et pense avoir vécu mille destins. Elle n'échangerait contre rien sa nouvelle vie.
Elle se dirige vers la salle de bain, pose ses pieds sur ce carrelage qui la rafraîchit déjà. Elle se glisse sous l'eau tiède de la douche. Elle mettra sa robe couleur corail. Elle sait qu'elle plaît à Antoine. Il est parti chercher Anna invitée chez sa copine Amaya pour son anniversaire. Elles sont dans la même classe cette année. L'année prochaine, elles seront dans celle « des grands ». Anna est arrivée dans leur vie il y a maintenant trois ans, par une belle journée du mois de juillet. Chaque jour elle réalise sa chance, Anna illumine chacune de leurs journées par sa bonne humeur, sa gaîté, sa gentillesse...
En passant devant la chambre de sa fille, elle aperçoit son mobile suspendu au plafond. Elle se souvient alors des vacances de l'été dernier. Ils ont été dans la maison héritée des parents de Jeanne sur les bords du lac d'Hossegor. Jeanne et Juliette sont parties en éclaireuses aérer la maison fermée depuis l'été précédent, elles ont ouvert les volets pour y faire rentrer la lumière et faire sortir l'humidité de l'hiver. Les meubles ont été dépoussiérés et la terrasse balayée. Elles ont porté la lourde table de jardin en teck, stockée dans la cabane, qu'elles ont huilée pour lui redonner sa teinte et la protéger. Elles sont parties à pied avec Anna au marché, ont ramené des huîtres, du thon rouge, de la piperade. Ils avaient déjà le dessert, un gâteau basque apporté par Juliette. Ce jour-là, en rentrant, Juliette a fait voler une nappe blanche aux motifs rayés bleus et a dressé la table d'une jolie vaisselle dépareillée. Des assiettes en porcelaines aux bord dorés et aux motifs fleuris, des verres à pied ciselés... de la vaisselle qui a traversé les générations. Anna a déposé au centre, son petit bouquet

d'herbe coupée et a installé son poupon dans la chaise haute en bois ressortie du grenier.

Antoine et François sont arrivés en fin de matinée, à l'heure de l'apéro et de la plancha. François a été cherché Monique et Alessandro à la gare de Dax, arrivant de Paris, tout comme Antoine, en déplacement professionnel dans la capitale. Leur arrivée s'est soldée par de longues accolades amicales, le plaisir sincère de se revoir. Monique a offert un cadeau à Anna pour son anniversaire, un mobile fait d'animaux en origamis aux papiers colorés. Ils l'ont accroché dans sa chambre dès leur retour. Monique leur a annoncé ce jour-là qu'ils avaient emménagé dans un trois pièces à Paris, dans le 17ème, au pied du square des Batignolles. Elle s'est lancée dans la création d'objets de décoration pour enfants en origami, elle créée toutes sortes de choses poétiques, aux allures feng shui, des mobiles, des articles muraux décoratifs, dont une tête de flamand rose, des suspensions... Elle a expliqué qu'elle devait déposer chaque mois ses nouvelles créations dans un concept store, exposant des artistes de divers horizons. Alice, l'amie de Juliette, a usé de ses connaissances pour l'aider. Alessandro a trouvé du travail. Il s'est très vite bien entendu avec ses beaux-parents. Son beau-père l'a accepté comme un fils, ils parlent voiture, vélo, tour de France, tour d'Italie...Le père de Monique monte des cols chaque été malgré son âge, se photographiant fièrement à l'arrivée. Il lui envoie ses clichés par SMS. Et oui les temps changent, même le père de Monique a évolué.

Monique a pris son temps. Elle a d'abord trouvé son propre appartement où elle a vécu seule. Puis ils ont emménagé ensemble. Ils sont allés en Italie, elle a pu rencontrer sa belle-famille et a été adoptée par sa belle-mère, à la réputation pourtant possessive. Ils sont repartis les bras chargés de fromages, de pâtes, d'une boîte de baicoli, et surtout de soulagement, que cette rencontre se soit bien déroulée. Monique a raconté être devenue depuis son emménagement à Paris, une adepte des cafés-théâtres, des brunchs et des vacances en Sologne. Elle semblait épanouie.

Ce jour-là, ils ont déjeuné dans le bonheur des retrouvailles, même la pluie invitée pour le dessert, ne leur a rien gâché de ce joli moment. Alessandro a pu goûter aux huîtres, ou plutôt à sa première huître. Il lui faudra un nouvel essai pour vraiment les apprécier. L'orage est monté, le ciel est devenu noir, le vent s'est levé. Aux premières gouttes, ils ont porté la table tous ensemble pour l'installer dans le salon étroit de cette petite maison, au charme désuet mais chaleureuse. Tant pis pour les serviettes de plage restées dehors, déjà trempées de toute façon par cette forte pluie d'été. En milieu de matinée, Juliette et Jeanne avaient amenés Anna à la plage, trépignant d'impatience de jouer dans le sable.

Jeanne hésite à rénover cette maison à l'odeur particulière, l'odeur des vacances en famille, l'odeur du bonheur dit-elle. Elle reste attachée à ses tomettes, au parquet, à la cheminée en pierre, et même au carrelage des années cinquante de la salle de bain. Que du vieux. Elle aurait peur d'effacer les souvenirs.

Ils se sont serrés pendant leur séjour, Anna a cédé sa chambre à Monique et Alessandro. À sa plus grande joie, ils ont déplacé son petit lit dans celle de ses parents, l'espace de quelques jours. Ils ont sorti le banc de la cabane pour accueillir plus de convives autour de la table. Les voisins les ont rejoints comme chaque été à leur arrivée. Ils vivent à Toulouse et passent chaque période de vacances à Hossegor. Ils ont l'âge de Juliette, et ont deux enfants quasiment du même âge qu'Anna. Elle s'est empressée de les amener vers sa nouvelle balançoire. Ils l'ont installée au fond du jardin, à la branche d'un chêne-liège suffisamment robuste pour résister aux assauts d'Anna, réclamant sans cesse d'être poussée toujours plus haut. La cabane a été vidée, nettoyée et aménagée pour qu'Anna puisse y jouer avec ses petits voisins. Monique a aidé à créer un édredon au motif fleuri qu'ils ont posé sur un lit de camp. Anna a ramené des jouets, sa dînette et quelques peluches. Elle a fermé la porte, réclamant déjà son indépendance, disant que la cabane était maintenant interdite aux adultes.

Ils ont loué un paddle pendant leur séjour, et Monique n'est pas tombée. Un peu avant leur départ, comme ils se l'étaient promis, ils ont descendu le courant d'Huchet en barque, guidé par un batelier au travers de cette mangrove aux airs d'Amazonie.

Juliette sort de la douche, se sèche et enfile sa robe couleur corail. Elle termine tout juste de se préparer qu'on sonne à la porte. Sur le mur du couloir, deux photos rappellent ces moments partagés, la première floue de Monique sur la plage des Maldives, la seconde aux allures de famille à l'attachement solide et bien ancré. Elle se dirige vers l'interphone pour ouvrir la porte de l'immeuble à ses parents. Ils sont déjà là, en avance comme à leur habitude. Elle les entend monter l'escalier. Une longue embrassade les rassemble. Le plaisir de se retrouver. Ils sont rentrés de Venise il y a quelques jours. Son père a envie de passer du temps avec sa mère, et de rattraper le temps perdu avec Juliette. Ils vont rester quelques jours à Saint-Jean. François est enthousiaste à l'idée de partir avec Juliette en randonnée, rien que tous les deux. Il espère déjà qu'ils se joindront à nouveau à eux cet hiver pour faire de la luge avec Anna. Son père a appris à skier à Juliette. Elle n'y était jamais allée.

Sa mère continue à jouer du piano, elle ne saurait vivre sans musique. Elle s'est résolue à franchir la porte d'une galerie où elle expose maintenant ses peintures. Elle gagne sa vie. Elle remercie chaque jour et chaque moment passé avec sa fille, comme un cadeau inespéré tombé du ciel. Dès qu'elles le peuvent, elles passent du temps ensemble, arpentent souvent la rue Sainte Catherine pour habiller Anna dont l'armoire est pourtant bien garnie, elles déjeunent alors en ville, flânent.

Anna est le nom de la mère de Jeanne. Juliette a voulu lui rendre hommage et réunir les générations, jusque-là déchirées. Jeanne n'a cessé de bercer Anna, nourrisson. Elle lui a chanté bon nombre de berceuses et raconté une foule d'histoires. Elle était présente pour son premier jour d'école et lui a appris à casser des œufs pour faire le fameux gâteau au yaourt. Jeanne se ressource et profite. Elle profite de sa nouvelle vie à laquelle elle est très attachée. Les voilà enfin réunis et unis.

Antoine et Anna arrivent à leur tour. Anna, insatiable, raconte la fête d'anniversaire chez son amie. Le train d'Alessandro et de Monique, au ventre arrondi, ne devraient pas tarder, la gare de Saint-Jean est à deux pas. On sonne à la porte, Anna court pour décrocher l'interphone, accueillant de sa petite voix Monique et Alessandro. Tous s'embrassent chaleureusement, les rires fusent.

La soirée s'annonce sous les meilleures augures, embellie de souvenirs et de projets pour chacun. La terrasse de l'appartement, leur offre une belle vue dégagée sur la Rhune et la colline de Bordagain. Au loin l'océan à cent mètres à peine, à vol d'oiseau. La table est recouverte de tapas, dont les fameux

chipirons à la plancha dont raffole Antoine, accompagnés d'un tiramisu pour respecter leur tradition. La cloche de l'église Saint Jean Baptiste retentit. Il est vingt heures.
Au moment de lever leurs verres pour porter un toast, apparaît au loin un avion traînant derrière lui une jolie banderole où Juliette lit :
« Juliette veux-tu m'épouser ? Chouchou. »

FIN

Copyright Plume Libre 2021
Tous droits réservés – Editions Plume Libre
500 route de Retgeyre – 40260 LINXE
2021

« Le Code de la propriété intellectuelle interdit les copies ou reproductions destinées à une utilisation collective. Toute représentation ou reproduction intégrale ou partielle faite par quelque procédé que ce soit, sans le consentement de l'auteur ou de ses ayants droit ou ayants cause, est illicite et constitue une contrefaçon, aux termes des Art. L 335-2 et suivants du Code de la propriété intellectuelle. »

Achevé d'imprimer en 2021

ISBN : 978-2-492126-18-5

Dépôt légal : Avril 2021

Prix : 17,50 Euros